LA NIÑA
DE LUZMELA

CONCHA ESPINA

LA NIÑA DE LUZMELA

Sexta edición

COLECCIÓN AUSTRAL

ESPASA-CALPE

Ediciones especialmente autorizadas por la autora para

COLECCIÓN AUSTRAL

Primera edición: 22 - I - 1953
Segunda edición: 3 - VIII - 1953
Tercera edición: 28 - IV - 1964
Cuarta edición: 19 - VIII - 1971
Quinta edición: 26 - VI - 1978
Sexta edición: 24 - VI - 1985

Maqueta de cubierta: Enric Satué

Depósito legal: M. 22.186 — 1985

ISBN 84 — 239 — 1131 — 4

Impreso en España
Printed in Spain

Acabado de imprimir el día 24 de junio de 1985

Talleres gráficos de la Editorial Espasa-Calpe, S. A.
Carretera de Irún, km. 12,200. 28049 Madrid

PRIMERA PARTE

I

Habíase convertido don Manuel en un soñador quejoso.

Hacía tiempo que parecían extinguidas en él aquellas ráfagas de alegría loca que, de tarde en tarde, solían sacudirle, agitando toda la casa.

En tales ocasiones, parecía don Manuel un delirante. Todo su cuerpo se conmovía con el huracán de aquel extraño gozo que le hacía cantar, correr, tocar el piano y reírse a carcajadas. Mirábanle entonces, compadecidos, los criados, y la vieja Rita, haciéndose cruces en un rincón, desgranaba su rosario a toda prisa, murmurando:

—Son los *malos*..., los *malos*...; siempre estuvo *el mi pobre* poseído...

Carmencita seguía los pasos acelerados de su padrino, pálida y silenciosa, prestando un dulce asentimiento a aquella alegría disparatada y sonriendo con mucha tristeza.

En algunas de estas extrañas crisis don Manuel tomaba entre sus manos ardientes la cabeza gentil de la niña y, mirando en éxtasis sus ojos garzos y profundos, le decía con fervor:

—Llámame padre..., ¿oyes?..., llámame padre.

La niña, trémula, respondía que sí.

Y pasado el frenesí de aquellas horas, cuando el caballero, deprimido y amustiado, se hundía en su sillón patriarcal a la vera de la ventana, llamaba a Carmencita y, acariciándole lentamente los cabellos, le decía *a escucho:*

—Llámame padrino, como siempre, ¿sabes?

También la niña respondía que sí.

Aquel día, don Manuel sentía en el pecho un dolor agudo y persistente, un zumbido penoso en la cabeza... ¿Iría a morirse ya?

El hidalgo de Luzmela aseguraba que no tenía miedo a la muerte; que, habiendo meditado en ella durante muchas horas sombrías de sus jornadas, no había salido de sus fúnebres cavilaciones con horror, sino con la mansa resignación que deben inspirar las tragedias inevitables.

Sin embargo, don Manuel estaba muy triste en aquella tarde oscura de septiembre.

Miraba a Carmen jugar en el amplio salón, con aquel apacible sosiego que era encanto peregrino de la criatura. Todos sus movimientos, todos sus ademanes eran tan serenos, tan suaves y reposados, que placía en extremo contemplarla y figurarse que aquellas innatas maneras señoriles respondían a un alto destino, tal vez a un elevado origen.

Podía fantasearse mucho sobre este particular, porque Camencita era un misterio.

En uno de sus viajes frecuentes y desconocidos, trajo don Manuel aquella niña de la mano. Tenía entonces tres años y venía vestida de luto.

El caballero se la entregó a su antigua sirvienta, Rita, convertida ya en ama de llaves y administradora de Luzmela, y le dijo:

—Es una huérfana que yo he adoptado, y quiero que se la trate como si fuera mi hija.

La buena Rita miró a don Manuel con asombro, y, viendo tan cerrado su semblante y tan resuelta su actitud, tomó a la pequeña en sus brazos con blandura y comenzó a cuidarla con sumisión y esmero.

La niña no se mostró ingrata a esta solicitud, y desde el día de su llegada se hizo un puesto de amor en el palacio de Luzmela.

—¿Cómo te llamas? —le había preguntado Rita con mucha curiosidad.

Y ella balbuceó con su vocecilla de plata:

—Carmen...

—¿Y tu mamá?...

—Mamá...

—¿Y tu papá?...

—Padrino...

—¿De dónde vienes?

—De allí —y señaló, con un dedito torneado, del lado del jardín.

—¡Claro, como las flores! —dijo Rita, encantada de la docilidad graciosa de la niña.

Rita deletreaba las facciones de la pequeña con avidez, como quien busca la solución de un enigma.

Mirándola detenidamente, movía la cabeza.

—En nada, en nada se parece... El señor es moreno y flaco, tiene narizona y le hacen cuenca los ojos; esta chiquilla es blanca como los nácares, tiene placenteros los ojos castaños y lozano el *personal*...; en nada se le parece.

Y la buena mujer se quedó sumida en sus perplejidades y enamorada de la niña.

Con una facilidad asombrosa acomodóse Carmencita a la vida sedante y fría de Luzmela. Su naturaleza robusta y bien equilibrada no sufrió alteración ninguna

en aquel ambiente de leal quietud que se respiraba en
el palacio; ella lo observaba todo con sus garzos ojos
profundos, y se identificaba suavemente con aquella paz
y aquellas tristezas de la vieja casa señorial.

El encanto de su persona puso en el palacio una nota
de belleza y de dulzura, sin agitar el manso oleaje de
aquella existencia tranquila y silenciosa, en medio de la
cual Carmencita se sentía amada, con esa aguda intui-
ción que nunca engaña a los niños.

Parecía ella nacida para andar, con su pasito sose-
gado y firme, por aquellos vastos salones, para jugar
apaciblemente detrás del recio balconaje apoyado en el
escudo y para abismarse en el jardín quejumbroso, entre
arbustos centenarios y divinas flores pálidas de sombra.

Jamás la voz argentina de la pequeña se rompía en
un llanto descompuesto o en un acedo grito; jamás sus
magníficos ojos de gacela se empañecían con iracun-
das nubes ni su cuerpo gallardo se estremecía con el
espasmo de una mala rabieta. Su carácter sumiso y
reposado y la nobleza de sus inclinaciones tenían em-
belesados a cuantos la trataban, y la buena Rita, convertida en guardiana de la criatura, no podía mencio-
narla sin decir con íntima devoción:

—Es una santa, una santa...

Sólo una vez se recordaba que Carmencita hubiese
alzado en el silencio de la casa su voz armoniosa deshecha en sollozos.

Fue un día en que doña Rebeca, la única hermana
de don Manuel, residente en un pueblo próximo, llegó
a Luzmela de visita.

Atravesaba la niña por el corral con su bella actitud
tranquila, cuando la dama se apeó de su coche en la
portalada.

Era doña Rebeca menuda y nerviosa, de voz estridente y semblante anguloso; fuese hacia Carmencita a pa-

sitos cortos y saltarines, la miró, y con tales demasías la apretó en las muñecas finas y redondas, que la pobrecilla rompió en amargo llanto, toda llena de miedo.

Se revolvió la servidumbre asombrada, y el mismo don Manuel corrió inquieto hacia la niña, a quien doña Rebeca cubría ya de besos chillones y babosos, diciendo a guisa de explicación:

—Como no me conoce, se asusta un poco.

Carmencita tendió ansiosa los brazos a su padrino, y poco después se refugiaba en los de Rita, hasta que doña Rebeca se hubo despedido.

II

El caballero de Luzmela miraba a la chiquilla, aquella tarde, con una extraña expresión de vaguedad, como si a través de ella viese otras imágenes lejanas y tentadoras.

Acaso delante de aquellas pupilas, extasiadas e inmóviles, la ilusión rehacía una historia de amor, toda hechizo y misterio; tal vez, por el contrario, era una tragedia dolorosa. ¿Quién sabe?... ¡Don Manuel había rodado tanto por el mundo, y había sido tan galán y aventurero!

De pronto se le apagó al soñador su visión misteriosa, encendida en el muro blanco del salón, sobre la cabeza rizosa de la niña.

Exhaló un suspiro amargo y bajó los ojos para mirar sus manos exangües extendidas sobre las rodillas. Era cierto que estaba muy enfermo: ¿iría a morirse ya?...

Carmencita en este momento mecía a su muñeca regaladamente, sentada en un taburete en el hueco profundo de una ventana.

Llamaron a la puerta del salón, y al mismo tiempo anunciaron:

—El señorito Salvador.

—Que pase —dijo don Manuel, y la niña, levantándose, corrió a recibir la visita con sonrisa plácida.

Entró un joven mediano. Era mediano en todo lo aparente: en belleza, en elegancia, en estatura; mediano era también en ingenio; sólo en lealtad y en nobleza era grande aquel mozo.

Tendría acaso veinticinco años, y encontramos muy natural que el caballero de Luzmela le dijese:

—¡Hola, médico!

No podía ser otra cosa sino médico este hombre que se presentaba de visita calzando espuelas y botas de montar y llevando en la mano unos guantes viejos. Don Manuel se había enderezado en el sillón de nogal, y la niña enlazaba su bracito al del mozo recién llegado.

—No sabes lo oportunamente que llegas, hijo —exclamó el enfermo.

—Qué, ¿se siente usted peor, acaso?

—Me siento mal siempre, muy mal; la hipocondría me consume, y tengo la preocupación constante de que voy a vivir contados días.

—Precisamente ésa es la única enfermedad de usted: la monomanía de la muerte. Es una de las formas más penosas de la psicosis.

—Sí, sí, sácame a colación nombres modernos para despistarme. Lo que yo tengo es algún eje roto aquí —y señaló el corazón—, y creo que aquí también —añadió tocando su cabeza, prematuramente blanca.

Salvador se echó a reir con una impetuosa carcajada jovial, que rodó por la sala con escándalo. La niña, muy seria y cuidadosa, escuchaba atentamente.

Observándola don Manuel, le dijo:

—Vete, querida mía, a jugar abajo, ¿quieres?

Ella, un poco premiosa para obedecer, objetó:

—¿Pero de verdad tienes rota una cosa en el pecho y otra en la frente?

—No, preciosa, no te apures; son bromas que yo le digo a tu hermano.

Salvador la atrajo a sus rodillas y la acarició tiernamente.

—Son bromas del padrino, Carmen; anda, corre a jugar.

Se fue con su paso majestuoso y su aire noble de madona.

Desde el umbral de la puerta se volvió a sonreírlos, segura de que ellos estaban mirándola, en espera de aquella gracia suya.

Reinó en el salón un breve silencio, y, con otro suspiro doliente, murmuró don Manuel:

—Por ella, por ella lo siento, sobre todo.

—Por Dios, deseche usted esa idea.

Pero él, obediente a su pensamiento, concluyó:

—Y por ti también, Salvador.

El mozo tragó saliva con alguna dificultad y balbuceó unas entrecortadas frases de consuelo: estaba emocionado y torpe. Le miró el enfermo con cariño y, tomándole las manos cordialmente, le dijo:

—Vamos, hay que ser hombres de veras; yo he andado, hijo mío, temerosos caminos sin temblar, y es preciso que no me acobarde en el anhelo de este último que voy a emprender. Tú debes ayudarme, y en ti confío; te necesito, Salvador; ¿estás pronto, hijo, a valerme?

—¿Yo, señor?... Yo siempre estoy pronto a lo que usted me mande. ¿Acaso mi vida no le pertenece a usted?

—¡Oh muchacho, qué cosas dices! Tu vida le pertenece a la Humanidad, a la ciencia; le pertenece a la juventud, a la dicha... Tú vienes ahora, Salvador; yo me voy; me voy temprano..., ¡he vivido tan de prisa! He amado mucho, he sufrido mucho, y también he gozado; que no es ésta hora de mentir, ni siquiera de disimular... Y mira: no creas que yo he sido tan malo como dicen... Anduve por el mundo locamente, y pequé y caí veces innumerables; pero otras veces, ¡también muchas!, levanté a los caídos en mis brazos, prodigué a los tristes mi corazón y mi fortuna..., fui piadoso y noble...

Callaba Salvador, entristecido y confuso. Don Manuel miraba vagamente una nubecilla blanca que se deshacía en jirones leves sobre el fondo gris de un cielo huraño.

Volvióse hacia el joven, y le dijo de pronto:

—¿Sabes que ayer estuvo aquí el notario de Villazón?

El muchacho interrogó, perplejo:

—¿Estuvo?

—Sí; yo le había mandado decir que deseaba verle. Hablamos un largo rato y convinimos en que mañana volvería para recibir mis últimas disposiciones.

Salvador se agitó en su silla, protestando:

—Pero, ¡Dios mío!, acabará usted por matarse con esa ansiedad.

—Al contrario; estos preparativos me tranquilizan; hallaré reposo y bienestar en arreglar todas mis cuentas, y para que, después de realizar estos propósitos, tenga descanso mi corazón, es preciso que tú me hagas una solemne promesa.

—Por hecha la puede usted contar.

—Tú quieres mucho a Carmen, ¿no es cierto?

—Cierto es que la quiero mucho.

Se enderezó el de Luzmela, conmovido, y le blanqueó intensamente la faz cetrina.

—Oye bien, Salvador...: voy a dejar sola en el mundo a Carmen, y Carmen es mi hija; tiene apenas tres años la inocente, y quedará en la vida sin sombra y sin nombre...

Se apagó trémulamente la voz del solariego; Salvador, inmutado por la gravedad de aquella revelación que tal vez esperaba, se atrevió a decir, después de meditar:

—Si usted la reconoce...

Otra vez se alzó, como en sollozo contenido, la voz temblorosa:

—Pero estoy fatalmente condenado a no poder hacerlo... Esta única flor de mi existencia es el fruto de mi mayor pecado... No hablemos de él, que es irremediable; hablemos de ella, de la pobre flor sin sombra.

—¿No estoy yo aquí? ¿De nada podré servirle cuando tanto la quiero?...

—Sí, sí que le servirás de mucho; ésa es mi esperanza...

—Pues ordene usted, señor.

—Si tú fueras también mi hijo, yo te la confiaría descansadamente.

Estaba Salvador anhelante, mirando al enfermo, que continuó con su voz grave y triste:

—Pero no lo eres, no, yo te lo juro... Por ahí se ha dicho que sí... ¡Se dicen tantas cosas! Yo he oído el rumor de esta calumnia rondando en torno mío, y la he dejado crecer a intento, porque si esta mentira ponía una mancha en mi reputación, ponía, en cambio, un poco de prestigio en tu juventud abandonada. Si eras hijo del señor de Luzmela, tenías porvenir, y tenías un puesto en la vida...; pero no lo eres, no...

Estaba Salvador trémulo; tenía el semblante demudado y una expresión desolada en los ojos. Veía quebrarse en pedazos su más cara ilusión. Era bueno; pero

era hombre y había sentido siempre atenuada la ignominia de su madre creyendo culpable de ella al noble
señor del valle, don Manuel de la Torre y Roldán. He
aquí que don Manuel era inocente de la deshonra que
le hizo nacer, y que Salvador, herido en su orgullo,
veía el nombre de su madre hundirse en la infamia,
como si hasta aquel momento hubiera estado solamente empeñado de un leve rubor.

—Entonces, mi padre... —murmuró temblando.

—Piensa sólo en tu madre —respondió el caballero—; los padres de ocasión somos siempre unos co-
bardes..., unos viles. ¡Ellas, las madres, sí que son va-
lientes en casi todas las ocasiones! La tuya lo fue; por
verla yo, tan desgraciada y tan sufrida, cargar contigo denodadamente dile apoyo y le cobré afecto. No
me recaté para ampararla, ni ella tuvo reparo en apo-
yarse en mí honradamente. Cuando la pobre se alzaba
sobre su dolor, confortada por mi amistad y purificada
por tu inocencia, vino la muerte y se la llevó... ¡Que no te
sonroje su recuerdo; guárdalo con respeto y con amor!

Salvador interrogó otra vez con amargura:

—Pero... ¿y mi padre..., mi padre?

—¿Qué te importa de él? ¿Le debes gratitud por el
ser que fortuitamente te dio, en la inconsciencia de su
brutalidad?... ¿Acaso podemos considerarnos padres
siempre que afrentamos a una mujer?

—Quisiera, sin embargo, saber su nombre.

Don Manuel guardó silencio.

—Saber —añadió el mozo— su clase social.

El de Luzmela vio cómo se agitaba en este anhelo
la vanidad del joven: vaciló un momento, y luego dijo
con firmeza:

—Ya sabes que ésta no es hora de mentir, Salvador:
tu padre era un campesino de origen humilde, lo mismo que tu madre.

—Y... ¿vive?

—Emigró, y ya no se supo más de él.

—¿Era soltero?

—Lo era.

—¿Y jamás consintió...?

—¿En reparar su delito?... ¡Nunca!... ¿No te digo que nada le debes? Eres hombre, y hombre cabal. Deja que esa humillación pase por debajo de tu orgullo, y no lo fundes en hechos de que no eres responsable.

Pero estaba profundamente abatido Salvador. En vano trataba de luchar contra la pesadumbre de aquella sorpresa que casi destruía su personalidad de un solo golpe inesperado.

Compadecido don Manuel, ablandó su voz para decirle efusivamente:

—Todavía estoy aquí yo, hijo. En la negra hora de su agonía le juré a tu madre ampararte, y he tratado de cumplir mi juramento. Te eduqué y te hice un hombre; dócil ha sido tu condición para que yo haya podido formar de ti un mozo tan noble y amable como para hijo lo hubiera deseado. Si por creerte mío has tenido tesón y firmeza para llegar a lo que eres..., ¿tan ajeno a mí te juzgas ya, que así te amilanas y vacilas?... Aunque no te di el ser, ¿no soy algo más padre tuyo que aquel que te lo dio?... ¡Y si te acobardas ahora que yo te necesito...!

No acabó don Manuel este sentido discurso sin que el joven hubiera levantado la cabeza, brillantes los ojos zarcos y sinceros, toda iluminada de una grata expresión su simpática figura. Se quiso arrodillar con un movimiento espontáneo y devoto para suplicar:

—Perdón, señor, perdón... He dejado arruinar todo mi valor indignamente, pero ha sido un momento; ya pasó. Estoy tranquilo, estoy contento si le puedo ser-

vir a usted de algo, yo, pobre de mí, que tanto le
debo...

—Cállate... ¡Si me lo vas a pagar todo! Bien sabe
Dios que no tuve nunca intención de cobrártelo; pero
ahora —añadió implorante— es preciso, hijo mío, que
me devuelvas en Carmen todo el bien que te hice.

—Cuanto yo pueda y valga se lo ofrezco a usted di-
choso.

—Pues oye.

Se recogió un momento a meditar, y dijo luego:

—¿Qué juicio has formado tú de mi hermana?

—¿Juicio?... Ninguno. ¡La he tratado tan poco!

—Pero, ¿qué impresión te causa?

—Me parece buena señora.

—¿Y qué has oído de ella por ahí, como voz general?

—Dicen que es un poco rara: algo histérica.

—Sí, tiene que serlo; era epiléptica nuestra madre, y
nuestro padre, el hidalgo de Luzmela, ¡bebía tanto
ron!... Pero, en fin, ¿la crees buena?

—Buena, sí.

—Te extrañarán estas preguntas; pero yo te voy a
decir una cosa: apenas conozco a mi hermana. Aquí
jugamos un poco de pequeños, ¡ya no me acuerdo de
aquellos años! En seguida me llevaron al colegio; desde allí, a la Universidad; cuando acabé la carrera, ella
estaba ya casada en Rucanto. Estuvo aquí con mi padre corto tiempo, y partí a visitar la Europa, ansioso
de ver mundo y correr aventuras. Ya te he contado
cuánto mi padre me prefería y con cuánta liberalidad
satisfacía todos mis caprichos. Derroché el dinero y la
salud hasta que él me llamó para darme el último abrazo, y entonces me encontré mejorado en su testamento
todo cuanto la ley permitía. El marido de mi hermana
era un calavera, y mi padre les mermó la herencia todo
lo posible. Sin embargo, yo era tan calavera como él;

pero era su ídolo, y en mí no veía más que la hidalguía
exterior, conservada hasta en los tiempos más tormen-
tosos de mi vida. Siempre mi cuñado me miró con animosidad, tal vez por mi superior linaje, tal vez por las
muchas preferencias que en vida y muerte me prodigó
mi padre. Estas diferencias me separaron mucho de
mi hermana. Vino entonces mi casamiento, tan lleno de
esperanzas para mí. Me creí reconciliado con el amor
del terruño y con la paz de mi valle; restauré esta
casa, soñando vivir siempre en ella en idílicos goces;
evoqué la visión de unos hijos robustos y de una patriarcal vejez... ¡Sueño fue todo! Desperté de él con
la esposa muerta entre los brazos. Era la más rica he-
redera de Villazón, y, tan abundante en bondad como
en dineros, quiso dejarme en prenda de su cariño toda
la fortuna que tenía. Doblemente rico, perdida la ilusión de la dulce vida quieta y santa que acaricié apenas, de nuevo me lancé a los placeres locos del mundo, lejos de mi solar. Peregriné mucho, derramé mi
corazón y la vida a manos llenas; pero no fui tan insensato que llegara a empobrecerme. Algunas veces
volvía yo a Luzmela con una vaga esperanza de poder
quedarme por aquí, bien avenido con esta melancólica
vida de memorias y ensueños; pero nunca lograba que
de mi corazón voltario se adueñase la paz. En uno de
estos viajes vine muy cambiado: me blanqueaba el cabello y traía en los brazos una niña. Me estuve entonces aquí un año entero; un año que fue para mi
alma ocasión de intensas revelaciones: la niña, tan
pequeña, tan impotente, iba poseyendo todo mi albe-
drío. En rendirle yo mi voluntad sentía un extraño goce
lleno de encantos nuevos. Su inocencia me cautivaba
en dulcísima cadena, y yo, que la salvé a esta niña
del abandono, más por deber de conciencia que por
amor de padre, me sometí a su hechizo con una de-

jación de mí mismo absoluta y feliz. Ya, desde entonces, sólo salí de Luzmela por precisión y muy pocas
veces. Mi vida tenía un objeto, y yo sentía santificarse
mis sentimientos y levantarse mi corazón al suave con-
tacto de aquella pequeña existencia pendiente de la
mía. Continuaba viendo a mi hermana contadas veces;
mi cuñado me mostraba cada día mayor hostilidad, y
yo, indiferente y orgulloso, no ponía jamás los pies en
Rucanto. Pero no me era grato saber que mi hermana
pasaba apuros y estrecheces, casi totalmente arruina-
da por su marido, y a menudo le mandaba reservada-
mente algunas cantidades como regalo para mis sobrinos, a quienes apenas conozco...

Calló don Manuel y se quedó abstraído breve rato.
Luego dijo:

—Y hemos llegado, querido Salvador, al caso que
me preocupa y desvela. ¿Merecerá mi hermana que yo
le confíe mi hija?... ¿Tú qué crees?

—Yo creo —respondió el joven— que no es muy
fácil acertar con la respuesta, ya que ni usted ni yo
la conocemos bien.

—Por eso vacilo...

—¿Y ha pensado usted en qué condiciones le confiaría la tutela de Carmen?

—Sí; lo he pensado. Le dejaría a mi hermana la mitad de mi fortuna, con la condición de que fuese una
buena madre para la niña.

Salvador escuchaba con asombro a don Manuel.

—Pero eso —dijo— sería caso de una comprobación
delicada y difícil.

—Tengo previstas todas las dificultades: de todo
ello hablaremos... Yo quisiera dejarle a mi hija un
constante testimonio de mi ternura, sin perturbar su
alma con la trágica historia de su nacimiento. Puesto
que a la cara del mundo no le puedo decir que soy

su padre, ¿a qué inquietar su inocencia con el descubrimiento de una pérfida acción que cometí?... Quiero que mi memoria la acompañe dulce y serena, como la vida que ha disfrutado junto a mí. Quiero ser su providencia y su amparo más allá de la muerte, sin que mi nombre caiga de su corazón ennegrecido por la sombra de mis culpas... Para ella quiero ser siempre bueno..., ¡siempre!

Quedóse el de Luzmela ensimismado; ardía en sus ojos la luz de la esperanza con radiante expresión.

Y mientras Salvador le contemplaba con recogida actitud, continuó don Manuel:

—Al enviudar mi hermana, hace poco, se ha apresurado a mostrárseme afectuosa, lo que me prueba que antes no tenía libertad para hacerlo. Parece que la niña le es muy simpática. Si ella, además, le lleva el bienestar y la holgura, ¿no ha de quererla bien?

—Yo creo que sí.

—¿Verdad que sí?

—Es verdad...

—Pero supongamos que me equivoco, que cometo un gran desatino, y que ella no trate bastante bien a la niña. En ese caso dejaré a Carmen el derecho de reclamarle mi herencia, y todavía te quedas tú con otra parte igual a la de mi hermana.

—¿Yo, dice usted?

—Tú, que eres mi segundo heredero, a quien lego la mitad de mis caudales.

—Pero... ¿usted ha pensado...?

—Yo he pensado mucho, hijo mío; tú, si no quieres contrariar mi postrer deseo, serás un buen administrador de mi media fortuna; gastarás las rentas, como tuyas que serán, y el capital lo conservarás para cuando Carmen lo necesite. Figúrate que por amor se casa pobre...: tú la dotas; o que se casa contigo...: la dotas también; o que se muere...: la heredas, quedándote tranquilamente con mi legado, que legalmente será tuyo.

—¿Y si muriese yo?

—Se lo dejas a ella. Y si nada necesita, tuya será entonces, sin condiciones, la herencia.

—Por Dios, señor, yo creo que jamás un testamento se ha hecho así, de tan extraña manera...

—No se habrá hecho; pero se va a hacer ahora; mejor dicho, ya se está haciendo.

—¿Ya?...

—Sí; lo estamos haciendo tú y yo; un testamento moral entre dos hombres honrados. Testo yo, y tú asientes; recibes mi legado y juras cumplir mi voluntad... ¿Te figuras que estas condiciones que te impongo iban a constar en papeles? No, hijo, no; se confirmará entonces la opinión general de que estoy un poco *tocado*... Y ya sabes que se dice por ahí...

—Sin embargo, señor, medite usted bien que es demasiado absoluta la confianza con que usted me honra. Puedo extraviarme; puedo pervertirme..., volverme loco; hágalo usted en otra forma, limitándome la acción, ajustándome el camino... Nómbreme usted, si quiere, tutor de Carmen.

—Te nombro su hermano, su protector, acaso su esposo, dentro de mi corazón; ante la ley te nombro mi heredero sin condición alguna.

Salvador se paseaba por la sala agitado; mortificaba su barba rubia con una mano implacable, y sus espuelas levantaban en la estancia silenciosa un belicoso acento metálico.

Moría la tarde en la cerrazón sombría del cielo, y don Manuel tendía hacia el joven una mirada ansiosa.

Viéndole tan dudoso y alterado, díjole, al fin, con tono de dolido reproche:

— ¡Si no quieres, Salvador, yo no te obligo!

Él se volvió hacia el enfermo; estaba pálido y tenía la voz angustiosa.

—¿No querer yo servirle a usted? Es que me aterra el temor de no saber hacerlo; de no poder, de no ser digno de esta ciega confianza con que usted me abruma.

—Si no es más que eso...

Y don Manuel, alzándose del sillón, estrechó al muchacho en un abrazo ardiente, y teniéndole así, preso y acariciado, dijo con solemnidad:

—Doy por recibido tu juramento, y le pongo este sello de nuestro cariño.

Quiso Salvador confirmar: *yo juro;* pero el de Luzmela le tapó la boca con su descarnada mano.

—Está jurado, hijo mío; ven y siéntate otra vez a mi lado; no me sostienen las piernas.

Se sentaron.

Comenzó don Manuel a hablar animadamente, con la voz impregnada de emoción y de dulzura.

Salvador le atendía en silencio, sin dejar de mesarse la barba febrilmente; y en esto se oyeron en el pasillo unas palabras recias y unos pasos sonoros.

—Son el cura y el maestro —dijo don Manuel, contrariado.

—Entonces me voy, con su permiso; aún no hice hoy la visita en Luzmela, y está cayendo la noche. ¿Cuándo quiere usted que vuelva?

Ya habían anunciado a don Juan y a don Pedro, cuando don Manuel respondió:

—Ven mañana temprano; te espero en mi despacho a las nueve, y te quedarás a comer.

Los dos hombres se estrecharon las manos fervorosamente, y Salvador hizo un breve saludo a los recién llegados.

Salió. En la meseta amplia de la monumental escalera encontró a Carmencita; estaba apoyada en la
maciza reja del ventanal y miraba al cielo o al campo
ensimismada.

Al sentir las espuelas de Salvador en la escalera se
volvió hacia él sonriendo, y, observándole muy atenta,
preguntó:

—¿Le mandaste al padrino alguna medicina?

Bajaba el mozo embargado de emociones. La dulce
voz de la niña le hizo estremecerse. Contemplóla con
un respeto y una sumisión que no le había inspirado
jamás, y apremiado por su mirada interrogadora re-
plicó:

—Está muy bien el padrino, querida.

Ella le tendió la frente, esperando un beso, y el pobre muchacho se inclinó y le besó la mano con noble
acatamiento.

Quedóse algo asombrada Carmencita de la actitud
turbada del que llamaba su hermano; apoyándose en
la reja oía cómo se alejaba el caballo de Salvador, y
pensaba: «¡Es que está malo de verdad el padrino!»

III

Habían colocado una lámpara sobre la mesa, y don
Juan y don Pedro se pusieron a mirar al de Luzmela.
Parecía más hundido en el sillón que otras veces, y
como si los ojos se le hubiesen agrandado.

Sirvieron en seguida el chocolate humeante y espu-
moso, y mientras don Manuel lo tomaba a sorbos, con
esfuerzo, el cura y el maestro lo saboreaban con deleite, mojando en los delicados pocillos hasta el último
bizcocho y la última rebanada de pan rustrido.

Se había iniciado una trivial conversación, rota a cada bocado de pan o de bizcocho, hasta que, retiradas las bandejas de encima del tapete, el criado presentó otra grande, de plata, con la correspondencia.

Miró don Manuel los sobres de sus dos o tres cartas y las apartó indiferente; el maestro abrió un periódico y comenzó la habitual lectura.

Había el caballero cerrado los ojos; tenía las manos cruzadas sobre las rodillas.

Don Juan a veces hacía un punto en su tarea, y por encima del papel miraba con inquietud al enfermo.

También don Pedro le observaba con atención, y miraba después a don Juan.

Y cuando ya los dos se estaban alarmando por aquella quietud momificada de su huésped, éste dio un respingo en la silla y dijo, con la voz entera y sonora:

—Perdone un momento, don Juan: me van ustedes a permitir unas preguntas, y aunque les parezcan extrañas han de responderme sin hacer comentarios, ¿no?

Don Manuel había estado en América dos años, y esta interrogación expresiva, ¿no?, importada de aquel mundo joven, la usaba todavía en ciertos momentos.

Se miraron con sorpresa sus dos contertulios, y ambos dijeron que sí varias veces, en contestación a aquel no interrogante.

—Vamos a ver —indagó el solariego, que parecía un resucitado—: a ustedes, ¿qué les parece de mi hermana?

Hubo un silencio explicable, y a la par respondieron los dos señores:

—Nos parece bien; ya lo creo, muy bien...

—¿Creen ustedes que es buena?

—Ya lo creo; muy buena, sí, señor.

—¿Y no dicen por ahí que es rara?

—Un poco rara; pero poca cosa...

Hubo otra pausa, y aseveró don Manuel:

—¿De modo que a ustedes les merece excelente opinión?

—¡Excelente!

El de Luzmela volvió a recostarse en el sillón, cerró de nuevo los ojos y cruzó otra vez las manos, murmurando:

—Siga, siga la lectura, don Juan, y dispensen.

Don Juan leyó otro ratito; él y don Pedro se miraban mucho aquella noche, y, más temprano que de costumbre, se despidieron.

Encontraron en el corredor a Rita, que subía con Carmen de la mano, y le dijeron:

—El amo está peor, ¿eh?

—¿Peor?

—Mucho peor; tengan cuidado.

Aunque hablaban con misterio, la niña se enteró, y preguntó con ansia:

—¿Mi padrino?

Ellos ya bajaban la escalera y no respondieron nada.

Rita aceleró el paso, llena de inquietud.

Carmen tenía los ojos muy abiertos en la semioscuridad del pasillo, y toda su alma se asomaba por ellos como escudriñando las tinieblas del porvenir.

Llegando a la sala, la mujer y la niña fueron derechas al sillón, y mientras Carmen se inclinaba devota a besar las manos del enfermo, decíale Rita, acongojada:

—¿Se siente mal?

Sin responder a esto, el de Luzmela preguntó a su vez, mirando a la vieja:

—Oye: ¿a ti qué te parece de mi hermana? ¿Es buena?

Atónita la mujer, creyó que deliraba su amo, y él quiso disipar aquel asombro, explicando:

—No estoy *de la cabeza,* Rita, no te apures, y responde.

Dijo Rita:

—Buena es su hermana, ¡qué ocurrencia!

—Podía no serlo...

—Yo poco la tengo tratada; casóse apenas yo vine... ¿No se acuerda?

—Pero ¿qué has oído por ahí?

—Que es algo rara, algo *maniosa;* pero buena, sí.

Don Manuel soliloquió:

—¡Todos dicen que es buena!

—Sabe, que el genial se le habrá corrompido algo con las desazones; pero el fondo será querencioso y noble como el de todos los amos de Luzmela.

Tenía el enfermo una placentera expresión cuando volvió la cara hacia Carmen, que, atenta, escuchaba a su lado.

—Y a ti, hija mía, ¿qué te parece? ¿Quieres a mi hermana?

La niña clavó en él su mirada límpida, y también preguntó:

—¿La quieres tú?

—Yo sí.

—Pues yo también, sí...

—¿Te gustaría vivir con ella?

Carmen dijo prontamente:

—Quiero vivir contigo —y le echó los brazos el cuello con ternura.

Él la enlazó en los suyos, lleno de emoción, murmurando con la voz quebrada:

—Pero si yo tuviera que marchar...

La niña, sollozante, respondió al punto:

—No, no, por Dios; llévame entonces contigo.

Rita hacía pucheros y se llevaba a los ojos el delantal, y don Manuel, incapaz de prolongar aquella esce-

na sin descubrir el profundo dolor que le poseía, trató
de calmar a la niña con tranquilizadoras palabras.

Cuando Carmen, un poco engañada, alzó la cabeza
y miró al hidalgo, le vio demudado y con el rostro
humedecido. Angustiada todavía, le preguntó:

—¿Lloras?... ¿Sabes tú llorar?

Él trató de sonreir, diciendo:

—¡Si son lágrimas tuyas!

Y la despidió con un beso muy grande...

En la alta noche, cuando el monumental lecho de
roble crujía por el convulso llanto del enfermo, murmuraba el triste:

—¡Que si sé llorar!... ¡Hija mía, hija mía!...

IV

Después de aquellos primeros ocho días, la vida de
Luzmela recobró su aspecto acostumbrado.

Carmencita dio sus lecciones con don Juan y bordó
la tapicería en un extremo del salón bajo la mirada
solícita del solariego, que parecía un poco aliviado de
sus achaques.

Salvador hizo al enfermo la cotidiana visita, larga
y cariñosa, y el maestro y el cura fueron todas las noches, como de costumbre, a hacerle un rato de tertulia
a don Manuel.

La numerosa servidumbre del palacio, engolfada en
el trasiego de las cosechas, llegó casi a olvidar la angustia de aquella mañana en que el notario de Villazón entró solemnemente al despacho del amo y, llegando poco después muy descolorido el señorito
Salvador, fueron avisados don Pedro y don Juan, con
barruntos de testamento.

Una ansiedad dolorosa había conmovido a los servidores de la casa, todos obligados, por innúmeros favores, a guardar a su señor una fidelidad sagrada, y todos capaces de cumplir esta noble obligación. ¿Acertaría el de Luzmela en los pronósticos que hacía de su muerte? ¿Iría a caer, ya marchito para siempre, aquel único tronco de la ilustre casa De la Torre y Roldán?

Durante algunos días, estos temores pusieron en la vida, siempre melancólica, de aquella mansión un sello de tristeza y de inquietud profundas. Todas las voces se hicieron quedas y suspirantes alrededor del amo, que, sumido como nunca en sus cavilaciones y añoranzas, cayó en un abatimiento alarmante.

Pero habíase esponjado de nuevo el cuerpo lacio y consumido de don Manuel; se erguía en el sillón con más arrogancia y tenía el semblante más placentero y despejado.

Se fue tranquilizando la buena gente de la casa, y volvieron en ella las labores a su centro natural.

Sólo en los ojos hechiceros de Carmencita quedó encendida la penosa expresión de la duda, y a menudo posaba esta llama inquieta en el enigma de los días futuros como una interrogación inconsciente.

V

Don Manuel sueña, como la tarde en que le conocimos.

También ahora tiene los ojos abiertos sobre la cabeza gentil de Carmen; pero la niña no juega ni borda en el salón; está en el jardín, hundiendo distraídamente la contera de su sombrilla en las hojas secas amontonadas por los senderos.

El ábrego ha saltado brioso al amanecer y ha despojado a los árboles de sus últimas galas, ya mustias.

Tiene el cielo una intensidad de azul rara en Cantabria; a través de una atmósfera de limpidez exquisita, todo el valle y los montes se abarcan de una sola mirada desde el balcón donde asoma el de Luzmela su paciente silla de enfermo.

Algunas veces sus ojos, cargados con las imágenes de sus pensamientos, se alzan un momento al cielo, al monte o sobre el valle, para caer, siempre en éxtasis de adoración, encima de la niña...

Soñaba...

Veía aquella mujer bella y pura, que tenía los ojos y los cabellos lo mismo que Carmencita; tenía también su misma sonrisa serena y su misma voz de plata. La veía caer acechada, perseguida por él, atropellada por su loca pasión, y asistía a todo el horror de su vergüenza, a todas las horas atormentadas de su vida, hasta que ésta se extinguió en agonía trágica.

Con haber amado él tanto a aquella mujer, ¿fue ella el grande amor de su vida?... No; su amor inmenso y puro, supraterrenal, inmortal, era la criatura recogida por compasión, como despojo palpitante de la tremenda aventura cuya memoria dolía siempre en el corazón del hidalgo. ¿Cómo pagaría su conciencia aquella deuda enorme? ¿Acaso él no fue el único culpable? ¿No lo fue siempre, en todas las ocasiones en que una mujer encendió su deseo?...

Con tales remordimientos estaba el de Luzmela perturbado, y por esquivar tan íntima turbación, o porque fuese aquélla para él una hora de evocaciones aventureras, cayó de pronto en su memoria otra página galante de sus años mozos.

Ésta no había quedado mojada de lágrimas; risueña y gozosa, fue otra de sus grandes locuras. Y se iba aplaciendo el semblante angustiado del caballero al recordar aquella su expedición a las Américas, dueño y señor de una criolla que le adoraba.

Ella le había pedido, con cálidas frases de terneza, un viaje a su país, de donde seguramente la trajo otra aventura amorosa. ¿No valían sus caprichos la pena de *botar la plata?*... Fue el viaje una pura gorja, en que a cada momento tuvo la bella indiana descubiertas por tentadora sonrisa las perlas nitescentes de su boca. Era una delicia vivir y gozar tanto, ¿no?...

Ya se había aclarado toda la cara macilenta del enfermo con esta placentera memoria, cuando Carmen gritó sobresaltada desde el jardín:

—¡Padrino, la *nétigua;* espántala!

Y un ave de blando volar, de uñas corvas y corvo pico, se sostuvo, retadora, un instante en el vano del balcón, agitando sus plumas remeras, graznando con lúgubre tono.

Desde las lueñes playas de la América virgen volvió el de Luzmela los ojos al pajarraco agorero, y le ahuyentó de un manotazo en el aire con enojo violento; en seguida buscó la mirada de la niña y encontró en ella una singular expresión dolorosa, como sólo recordaba haberla visto igual en los ojos de otra criatura: de aquella triste pecadora que murió del dolor de haber pecado... ¿De dónde había sacado Carmen aquel secreto penar que se le declaraba en los ojos? Sólo sabía don Manuel que desde hacía algún tiempo el rostro de la niña estaba ensombrecido por alguna extraña tristeza que a menudo ponía en su mirada una revelación; y aquel destello misterioso llenaba de pesadumbre el alma del caballero. Hizo un esfuerzo por levantarse, y, apoyado en el barandaje de hierro, le dijo:

—¿Pero te da miedo de la *nétigua?*... No te asustes. Se fue ya. Sube..., ¿no quieres subir?

Ella alzó el azahar de su mano, señalando el cielo,
y por toda respuesta murmuró:

—Todavía..., padrino.

El ave fatídica se cernía obstinadamente sobre el
jardín.

Carmen corrió a la casa y subió al salón.

Ya don Manuel había vuelto a sentarse y la esperaba.

La niña fue derecha a sus brazos con una inexplicable emoción, y en su voz llorante interrogaba:

—¿No te irás, padrino? ¿Nunca te irás? ¿No me de-
jarás nunca sola con doña Rebeca?

Él, absorto, clamó:

—¿No la quieres?

—No, no. ¡Qué miedo, qué miedo tan grande!

—¿Pero de quién, hija mía?

Paró un coche en la portalada, y Carmen, sin soltarse del cuello del hidalgo, gimió:

—Otra vez la *nétigua*...

Volvió el ave a aletear a la par del alero, graznando agresiva, cuando abriendo la puerta del salón anunciaron:

—Doña Rebeca.

Carmen imploró:

—Viene a buscarme. ¡No me dejes, por Dios, no me
dejes!

El de Luzmela había doblado la cabeza sobre el hom-
bro de la niña, y sus brazos se iban aflojando en torno al cuerpo grácil de la criatura.

Cuando doña Rebeca entró en la sala y se acercó al
grupo, viendo la cara mortal del enfermo, increpó a la
niña:

—¿Le estás ahogando?

—¿Yo?

Y al soltarse de aquel abrazo ardiente vio con horror cómo el cuerpo de don Manuel se desplomaba sobre el respaldo de la silla.

Miraba el moribundo a Carmen con una angustia infinita. Había adivinado tardíamente sus terrores y sus penas. La muerte llegaba implacable, sin darle acaso tiempo para reparar su fatal error, fruto de tantas meditaciones, y que ya antes de consumarse causaba a Carmen una desolación tan profunda...

Todo lleno de espanto, el corazón de Carmencita se le subió a los labios para gritar con afanosa ternura:

—¡Padre!...

Y de nuevo trató de abrazarle la infeliz.

Doña Rebeca la separó del caballero con aspereza, diciendo:

—¡Qué padre ni qué *ocho cuartos!*

El de Luzmela abrió entonces inmensamente los ojos, con tal expresión desesperada y colérica, que la señora echó a correr, mientras la niña, vacilante, caía de rodillas, suplicando:

—¡Dios mío, Dios mío!

A los gritos de doña Rebeca, acudió alarmadísima la servidumbre, y entre ayes y lamentaciones fue el moribundo transportado a su lecho.

En el más ligero caballo de la casa partió a escape un hombre a buscar al médico, y otro volvió a buscar al cura.

Doña Rebeca husmeó en la capilla, procurándose auxilios piadosos para aquel trance, y volvió al cuarto de su hermano, donde, muy diligente, encendió la vela de la agonía.

Antes había dicho a Carmencita, que trataba de acercarse a don Manuel:

—Aquí sobran los chiquillos; vete allá fuera.

La pobre criatura, desorientada y llena de temor, volvió a la sala y de nuevo se hincó delante del sillón vacío.

Entretanto, el de Luzmela pugnaba en vano por hablar. Su vida parecía haberse reconcentrado en los desorbitados ojos, que miraban con insensatez, hasta que, tras un nistagmo penoso, los cerró para siempre.

Había caído la tarde en una serenidad dulcísima; algún caliente suspiro del ábrego removía en el jardín las hojas secas, llevando hasta la ilustre casa De la Torre y Roldán, clara y distinta, la voz solemne del *Salia,* eterno arrullador de la vega.

Carmencita, absorta en su desconsuelo, se levantó de pronto, estremecida por un resoplido siniestro, y toda temblorosa gritó una vez más:

—¡La *nétigua!*

De las habitaciones de don Manuel salían ya los chillidos de doña Rebeca, y el ave agorera tendía sobre el azul cobalto de la noche su vuelo silencioso...

El hidalgo de Luzmela había muerto.

SEGUNDA PARTE

I

Cuatro años han pasado muy callandito sobre la vida de Carmen. Sólo ella sabe que aquel montón de horas está todo mojado de lágrimas, que no ha reído en su vida ninguna de aquellas cuatro primaveras con el alborozo de las ilusiones, ni ha cantado en su pecho ninguno de aquellos estíos la enardecida estrofa de la juventud.

El singular testamento de don Manuel de la Torre fue un jirón de locura mansa que, desgarrado del noble corazón del solariego, quedó flotando sobre la cabeza inocente de su hija, como nube de un drama silencioso.

Había quedado Carmencita llena de terror en las manos de doña Rebeca, y doña Rebeca tendía con ansia sus garras de *nétigua* hacia la herencia codiciada, sin poder apreciar los caudales, por tener las uñas llenas de la carne inocente de la niña, flor de pecado y dolor.

Al consumar don Manuel aciagamente sus propósitos de última voluntad, exacerbó todas las malas pasiones de su familia y sembró de torturas la senda de Carmen, allí donde quiso dejar para ella rosas de piedad y lozanos capullos de ternura.

Todos los deseos del de Luzmela quedaron atados en su testamento, dentro de la rigidez del derecho legal,

con sólida habilidad y previsión, y doña Rebeca hubo
de someterse con aparente comedimiento a las disposiciones de su hermano y fingir que cobijaba a Carmen
en regazo maternal.

Con el tecnicismo severo de las cláusulas testamen-
tarias, la señora de Rucanto quedaba sometida al cargo
de administradora de la media fortuna del caballero
hasta la hora acordada por aquél, y sólo a título de
amparadora de la niña. Por el bienestar de ésta vela-
rían la leyes, «sin empecer la acción y facultades con-
feridas a un rancio solariego de los contornos, nombra-
do tutor de la pequeña y asistido del derecho de retro-
traer para la misma el legado de don Manuel en caso
de que doña Rebeca no cumpliese las condiciones im-
puestas por el testador...»

Cuando llegó a Rucanto la niña de Luzmela, la re-
cibieron los sobrinos de don Manuel con indiferencia
sublime, mirándola de hito en hito... ¡Fue aquélla la
primera vez que bajó los ojos turbada delante de su
nueva familia!...

Desde aquella hora fatal, Carmen puede asomarse a
las páginas de estos cuatro años transcurridos, mirando su vida doliente al través de una cortina de llanto, y puesto sobre los labios un dedito precioso en señal elocuente de silencio, como un ángel tímido y re-
signado, herido a traición en las alas gloriosas...

II

Eran cuatro los hijos de doña Rebeca. El mayor, Fernando, marino mercante, navegaba en mares lejanos;
era un guapo mozo, de carácter aventurero y de gallar-
dísima figura; su madre sentía pasión por él, una pasión material, fundada únicamente en la belleza del mu-

chacho. El segundo, rudo y torpe, hacía vida montaraz,
y sólo paraba en Rucanto el tiempo preciso para comer y dormir; algunas veces, para pedir dinero y, con
escasa frecuencia, para cambiarse de ropa. Tenía el
cuerpo recio, los ojos turnios, áspera la voz y fiero
el ademán. Era mocero y borracho; se llamaba Andrés.

Le seguía en edad la joven Narcisa, una muchacha
de veinticuatro años, ojizarca y endeble, melindrosa
y no mal parecida. Ella era, en ausencia de Fernando,
el mimo de la casa, el centro adonde convergían todas
las atenciones y de donde partían todos los desig-
nios. Doña Rebeca, con hacer honor a su nombre, había
sido toda sumisión y desvelo para malcriar a su hija.

Quedaba aún otro muchacho, Julio, de veinte años,
también enclenque, de cara macilenta y desapacible
expresión; huraño y triste, andaba siempre solo por los
rincones de la casa o de la huerta, en misteriosos so-
liloquios que a veces tomaban la forma de quejidos lamentables...

Había comprendido Carmen cuál era su destino y
creía que siguiéndolo cumplía la voluntad de su protector. Su inteligencia clara y su corazón noble se so-
brepusieron a la debilidad de los trece años; domi-
nando con valor admirable el terror que le inspiraba
doña Rebeca, le acompañó dócil a Rucanto, y allí se
echó sobre los hombros su nueva vida, con un firme
empeño de levantarla y llevarla gallardamente hasta el
final del camino.

Cuatro años llevaba en la áspera ruta y se había
hecho mujer a fuerza de sufrir y de llorar.

La vida de familia en Rucanto era espantosa.

Carmen miraba siempre con el mismo miedo y el
mismo asombro a doña Rebeca y a sus hijos.

A veces creía que se odiaban, a veces que se querían; siempre le parecieron un enigma viviente y trá-

gico, una sima de pasiones pavorosas, a cuyo borde
andaba la infeliz toda temerosa y estremecida, con
un paso incierto de sonámbula, con una mirada pávi-
da y llorosa, llena de lejana tristeza.

En sus meditaciones de niña temblaban los pensamientos, chocando con otros, doloridos, ante el cuadro
siniestro de aquel hogar. A menudo, una compasión
inmensa flotaba benigna en el espíritu generoso de
Carmen, preguntando: ¿Acaso estos pobres no han
heredado la maldad y locura?... ¿Son ellos responsa-
bles de ser locos o de ser malos?...

Y la realidad de las cosas respondía tirana que era
un tormento durísimo vivir con aquella familia de ena-
jenados, verdugos de la ajena y propia felicidad.

Parecía imposible aprender aquellos genios ni llevar
una hora seguida la corriente de aquellas voluntades,
porque a cada minuto se tropezaba en el escollo de
una mudanza o en el abismo de un arrebato. Todo era
ciego y duro en la inconsecuencia monstruosa de semejante familia, y para el alma delicada y dulce de
Carmen iba siendo una tortura inmensa aquel vivir
tormentoso, sembrado de imprecaciones y gritos, desesperaciones y codicias.

Cuando la niña llegó a Rucanto, la instalaron regaladamente en el gabinete de Narcisa; entraba con ella
en casa la abundancia, y tras la primera mirada in-
quisitorial y hostil, los sobrinos de don Manuel tuvieron para la intrusa una displicencia tolerante, única
tregua de paz que se le concedió en aquella mansión
belicosa.

Pasada fugazmente la primera impresión de sorpresa y bienestar, cada uno dio en la casa rienda suelta
a sus instintos, sin un asomo de compasión ni de ternura para la desgraciada forastera.

III

Antes que tal gente mostrase una acerba hostilidad a la muchacha, doña Rebeca la llamó algunas veces «sobrina» con un tono adulón un poco irónico; y todavía, después que la sitió con todo el enardecimiento de un plan completo de campaña, cuando en alguna encrucijada estratégica la quería congraciar, dábale aquel grato nombre de familia y pretendía halagarla con su vocecilla de falsete endulzada en la punta de la lengua.

El primer día que doña Rebeca, como general en jefe, asometió a la niña, armada de toda la perfidia del mundo, fue y le dijo:

—Mi hermano no era tu padre...; que se te quite eso de la cabeza...; mi hermano no era nada tuyo...; no tienes sangre infanzona...; eres *hija de padres desconocidos*...

Ella humilló la frente enrojecida, sin responder.

Esta pasividad excitó más la agresiva intención de la señora, que, persiguiéndola con los ojos y con la actitud, continuó:

—Mi hermano estaba loco de atar...; había heredado de los abuelos esta dolencia.

Le acudió a Carmen un lógico pensamiento, y, delatándolo en voz alta, preguntó:

—¿No eran también abuelos de usted?

Doña Rebeca, furibunda, le puso los puños junto a la cara, gritándole:

—Tú eres la santa..., ¿eh?...; la santa, ¿y me insultas llamándome loca?

La infeliz rompió a llorar; gimió;

—¿Yo?...

—Sí, tú, la santita, el agua mansa, que parece que nunca has roto un plato...

Y se dio a hacer gestos por la casa adelante, con las manos en la cabeza y la voz retumbante rodando por los pasillos.

Nueva espectadora de aquellas comedias ridículas, Carmen se creyó realmente culpable, y llegó a suponer que había sido grave indiscreción preguntarle a Rebeca si era nieta de sus abuelos.

Otro día, riñendo la hija y la madre, engalladas y descompuestas, estaban ya a punto de *agarrarse,* cuando Carmen, entrando en la estancia, se interpuso entre las dos con impulso bondadoso.

Aprovechó Narcisa aquel momento para darle con saña un empellón, y la niña fue a caer de rodillas cerca de una mesa, sobre la cual una lámpara vaciló, quebrándose.

—Es una loca —dijo Narcisa, avenida de pronto con su madre en tranquila conversación.

—Sí, una loca; hija de su padre había de ser— repitió la señora.

Carmen, sin hacer caso de la lámpara, del golpe ni de la injusticia de aquellas palabras, preguntó:

—¿De qué padre?

—De mi hermano, del simple de mi hermano, que estaba *poseído*...

La niña había oído únicamente *de mi hermano,* y, de rodillas como estaba, juntó las manos con transporte, soñando.

—Sí; es cierto..., es cierto...

El furor de Narcisa volvió entonces a desbordarse ante la devota actitud de la muchacha, y de nuevo chilló a su madre con desatinadas voces.

—¿No ves cómo se eleva? ¿No ves cómo se cree igual a nosotras? ¿Por qué le dices que es hija de tu

hermano?... Tú sí que estás *poseída;* tú sí que eres
simple.

Huyó doña Rebeca con su paso menudo y cauteloso,
y la hija la siguió a grito herido, llenándola de injurias.

Carmen, sola en la habitación, sintió que la duda
quedaba todavía viva en su pecho; volvió los ojos a
todos lados, como para interrogar al misterio de su
vida, y vio otros ojos turbados y malignos, que se re-
creaban en su angustia.

Era Julio, que acechaba el dolor ajeno para manjar
de su alma perversa. Estaba a veces adormilado en
los bancos del pasillo o en el sofá de la sala, y cuando
oía que, bajo los chillidos agudos de Narcisa o bajo las
sinrazones de su madre, temblaba como un pajarillo
la fresca voz de Carmencita, corría hacia ellas, reca-
tándose detrás de las puertas o a la sombra de las
paredes, para no perder ni un detalle de la escena dolorosa. Si le era posible ver las caras desde sus escondites, entonces una expresión tenebrosa se asomaba
a sus ojos maléficos.

No se acordaba Carmen de haber hablado con aquel
muchacho una buena palabra en los años que llevaba
en la casona.

La voz aceda del mozo sólo se alzaba iracunda contra su madre, contra su hermana o contra los criados.
Se pasaba muchos días encerrado en su dormitorio.
Doña Rebeca decía que estaba enfermo. Debía de ser
verdad, porque a menudo salían del aposento ayes y
gemidos.

Lloraba entonces la madre; Narcisa se enfurecía, y
si en tales ocasiones de tragedia llegaba Andrés a Rucanto, rodaban los muebles, estallaban los cacharros en
añicos y las puertas se batían en tableteos formidables.

Los criados, siempre nuevos y de lejanos valles, pedían la cuenta con premura, y Carmen, llena de espanto, se escondía en el último pliegue de la casa a temblar como una hoja.

Pasada la tempestad, doña Rebeca guisaba, su hija ponía la mesa con mucha solemnidad, y todos comían amigablemente, con apetito y abundancia.

Era seguro entonces que Andrés tenía dinero en el bolsillo y que Narcisa había conseguido un traje nuevo o un viaje a la ciudad.

Julio, que no se aplacaba con dones, aparecía tranquilo a fuerza de cansancio; y la fatiga de haber rugido furiosamente desplegaba su frente huraña y le hacía aparecer menos repulsivo.

Y así, mientras que la madre y los dos hijos mayores hablaban amistados y serenos, y Julio descansaba desfallecido, ella oía, siempre horrorizada, el eco de las blasfemias y de los insultos, de los golpes y las amenazas que se habían alzado, entre la madre y los hijos, apenas hacía una hora, y tantas veces en tantos años...

Era una casa temerosa la de Rucanto.

La fundó un quinto abuelo de doña Rebeca, que murió en un manicomio y que dejó lastimosa descendencia de locos y suicidas.

Desde entonces, siempre se habían oído en ella gritos frecuentes, carreras y estruendos; siempre habían gemido las puertas, estremecidas por violentos impulsos, en el fondo oscuro de los corredores.

Una ráfaga de locura hereditaria y perversa parecía conmover a los habitantes de la casona, y los vecinos de la comarca miraban siempre con supersticioso respeto aquella vivienda blasonada.

Se contaba que doña Rebeca había sido muy desgraciada en su matrimonio.

Casó con un plebeyo, buen mozo y pobre, único pretendiente que le deparó la fortuna. Era mujeriego y derrochador, y suponíase que la dote de doña Rebeca le había enamorado más que la dama.

Aunque al público trascendía la desavenencia de los esposos, nada cierto se supo de sus querellas íntimas, sino que ambos se colmaban a menudo de improperios y andaban a medias en el mutuo lanzamiento de trastos a la cabeza.

Sin embargo, la opinión general culpaba al marido, vividor poco edificante; y doña Rebeca, que solía dar limosna y llorar en la iglesia, y que vivía encerrada en su casa, pasaba por ser *una infeliz* un poco estrafalaria y algo tocada del mal de la locura.

Andrés tenía mala fama; le temían los novios y los maridos, y era mirado con prevención en el valle.

A Fernando se le conocía muy poco; decían de él que era bravo marino y que poseía rasgos de nobleza y bondad como el señor de Luzmela.

Julio parecía siempre un niño colérico y misántropo, que había sentado plaza de enfermo incurable, y Narcisa pasaba por discreta y altiva, mediante la solemnidad de su empaque y el orgullo con que se amigaba —sin intimidad y con reservas— sólo con dos o tres señoritas de las ilustres familias comarcanas...

Habían pasado años de terrible escasez en la casona. Cuando llegó la herencia de don Manuel a remediar la precaria situación de la familia, fue ya urgente levantar hipotecas y pagar trampas apremiantes. Como doña Rebeca era sólo usufructuaria del legado, hubo precisión de arreglarse con las rentas para hacer frente a la vida y remediar en lo posible los pasados descalabros de la fortuna.

Difícilmente podían ir cubriendo las apariencias de reconstruir su posición ruinosa; estaba por medio Car-

mencita, como un obstáculo insuperable. Sin ella, hubiesen tomado del capital heredado lo imprescindible
para remediar la hacienda rota y darse importancia
de gentes poderosas.

Doña Rebeca y su hija andaban atareadas con esta
pesadilla, y una animadversión latente las separaba
más cada día de la dulce niña de Luzmela...

Ya hacía muchos meses que la sobrina de don Manuel se había quitado el luto, y todavía Carmencita andaba vestida de negro, con resobados trajes. Ella no
decía nada; pero algunas veces sentía una vaga pesadumbre al encerrar su cuerpo gallardo en aquellos
hábitos austeros y tristes.

Un día, sofocada con la lana negra de su corpiño,
tuvo la tentación de ponerse uno de sus vestidos blancos de Luzmela. La falda estaba sumamente corta; el
cuerpo, muy estrecho. Ingeniosa y lista, descosió do-
bladillos y alforzas hasta que la tela rozó completamente el borde de los zapatos. Luego, unas maniobras
semejantes hicieron al corpiño extender sus delanteros
sobre el seno túrgido de la niña. La manga, menos dócil, dejaba ver el antebrazo alabastrino. Se miró al
espejo, y asombrada de sí misma, se ruborizó.

Entonces, con el amargo recelo de provocar el enojo
de sus huéspedes, iba a desnudarse, cuando Narcisa
se presentó en el aposento.

Mirando a Carmen, dio un grito, como si algo terrible le aconteciera, y llamó a voces a su madre.

La muchacha, sobrecogida, se replegó a un extremo
del gabinete, y doña Rebeca, que acudió a saltitos menudos, se llevó las manos a la cabeza y empezó a gritar
y a lamentarse con agudas exclamaciones, engarzadas
en su sarta habitual de refranes y agravios.

—¡*Cría cuervos y te sacarán los ojos!*... Esta ingrata se quiere quitar el luto de mi pobre hermano.

A muertos y a idos... ¡Hermano de mi alma, que por
ella se ha condenado; que está en los profundos infier-
nos por culpa de esta mal nacida!...

Narcisa, impasible y majestuosa, presidía la escena
como un juez severo, asintiendo con gestos de indignación a los desatinados discursos de su madre, mientras
Julio, que había acudido sañudo y acechante al umbral
de la puerta, fulguraba sobre la trémula niña su mirada monstruosa, y oyendo buhar y maldecir a las dos
mujeres, toda su mezquina figura se estremecía de sa-
tánico gozo.

Pálida y convulsa resplandecía tan bella la muchacha, que Narcisa hubiera querido aniquilarla con sus
ojos acerados, cargados de ira.

Cuando la dejaron sola con su terror, se quitó con
manos temblonas el alegre vestido blanco, y otra vez
se abrumó bajo la tela sombría de su luto. Estaba des-
contenta de sí misma; tal vez doña Rebeca tenía un
poco de razón; acaso había algo de ingratitud por su
parte en aquella involuntaria fatiga que le causaba la
ropa negra, vieja y pesada. Mortificábase con la duda
de si el antojo del vestido blanco habría ofendido la
memoria de aquel hombre a quien en el fondo de su
corazón llamaba padre, y le dolían, con violento dolor,
las crueles palabras que acababa de oir sobre la condenación de don Manuel. Toda su alma estaba sublevada de indignaciones porque la culpasen a ella de
aquella condenación posible.

Tanto oía anatematizar a todas horas la injusticia del
testamento de su protector, que llegó a tener sospechas
de semejante injusticia; porque si ella no era, por fin,
hija del noble solariego, ¿qué era en aquella familia, y
qué motivos había para que la piedad del testador la
asistiese por encima de los naturales derechos de la
hermana?

Pero... y Salvador, ¿no parecía también un extraño, un intruso que había venido a poseer libre y completamente parte de la fortuna del amigo?

Había un gran misterio en la última voluntad de don Manuel, y Carmencita martirizaba en vano su inteligencia con aquellas profundas meditaciones.

Cuando en su presencia se insultaba acerbamente al difundo caballero, rompía a llorar descorazonada al sentirse impotente para defenderle de aquellas furias, y un lejano temor de que por haberla amado a ella purgase alguna injusticia el alma de aquel hombre, la llenaba de sobresalto.

¡Siempre, en tales ocasiones, las dos terribles mujeres se burlaban de su angustia, y la escena terminaba con el mote convenido:

—La santa..., es la santa... ¡Pobrecita!...

Ella, entonces, erguía su corazón acobardado para decirle a Diós en íntima plegaria:

—¡Y bien, Señor, yo quiero ser santa; es preciso que lo sea...; hazme santa, Dios mío..., hazme santa de veras!

IV

Entretanto, Salvador Fernández, médico municipal de Villazón, había trasladado su residencia desde la villa al pueblo gracioso y pequeño de Luzmela.

En plena posesión del cuantioso legado del amigo, Salvador no había pensado ni un momento en cambiar de vida ni alterar en nada sus costumbres humildes.

En el palacio de Luzmela como en la posada de Villazón, el médico era siempre un hombre bondadoso y amable, de carácter tímido y vida sencilla.

Había destinado para su uso las habitaciones de don Manuel, y en la casa se desenvolvían las horas serenas y blandas, mudas y lentas, igual que en los días postreros del hidalgo.

Diríase que el espíritu benigno del solariego, con la amargura de su memoria, con la bondad de sus sentimientos, presidía aún y gobernaba las labores y las intimidades de la pudiente casa labradora.

Salvador seguía visitando a sus enfermos con la misma atención que cuando de su carrera hacía estímulo de prosperidad y base de la existencia, sólo que ahora había renunciado a la subvención del Municipio para que otro médico la disfrutase.

Enamorado de su profesión, hizo de ella un culto piadoso, que practicaba en favor de los pobres. De la herencia que libremente podía disfrutar sólo tomaba lo preciso para mantener el decoro de la casa y hacer algún viaje a las grandes clínicas extranjeras, en demanda de luces y medios con que extender en el valle la misericordia de su misión.

Así, las gentes le adoraban y le bendecían, y él paseaba por los campos su conciencia pura, con la santa simplicidad de un apóstol del Bien, convencido y ferviente.

Desde que se reconoció hijo sin nombre de una infeliz aldeana, humilló su corazón en una mansedumbre dignificadora, que le confortó y sirvió de alivio a sus íntimas tristezas.

Luego, su vida tuvo un doble objeto santo y noble: derramar los consuelos de la más piadosa de las ciencias sobre los dolientes sin ventura y velar por la dicha de Carmen.

Era para él una suprema delicia espiritual el consagrarse de lleno a pagar en la hija la inmensa deuda de gratitud contraída con el padre.

Su oración cotidiana consistía en memorar los bienes recibidos de aquella pródiga mano que salvó a su ma-

dre de la desesperación, la levantó de la ignominia
y la honró haciendo del niño desvalido y miserable un
hombre de sano corazón, enveredado por una senda
segura de la vida.

Después de enfervorizarse con esta membranza sen-
timental y preciosa, Salvador discurría amorosamente
sobre el porvenir de su protegida.

Él nada sabía de los misteriosos terrores que a la
niña había inspirado la sola idea de que doña Rebeca
la llevase de la mano camino adelante, ni mucho menos sospechaba las torturas que la pobre criatura padecía en poder de los de Rucanto.

Como todas sus atribuciones sobre la pequeña eran
morales y secretas, Salvador no se atrevía a signifi-
carse visitándola demasiado, y se limitaba a verla con
toda la frecuencia posible dentro de una prudencia con-
veniente.

Antes que la niña partiese de Luzmela pudo él abra-
zarla y prometerle toda su fortuna y su desvelo.

Carmen había llorado sobre aquel noble corazón
con un silencioso llanto contenido y acerbo, que era,
acaso más que el desahogo del dolor presente, el presentimiento agudo del futuro dolor.

—Todo cuanto te ocurra me lo contarás —le había
suplicado el joven—. Si sufres, si necesitas algo, me
lo dirás en seguida; prométemelo.

Ella le miró fijamente a los ojos y preguntóle:

—¿Lo mandó mi padrino?

—Sí, lo mandó; te lo juro, Carmen.

—A mí no me dijo nada —respondió la niña.

—Pero me lo dijo a mí todo; tú eras muy pequeña
para hablarte de estas cosas; además, temía darte de-
masiada aflicción. Él quiso que tú fueras muy dichosa,
todo lo más que sea posible, y que nunca le olvidases.

—No, nunca —repitió la niña sollozando.

Y, con voz firme, añadió después.

—Yo haré todo cuanto él dejó mandado...; seré muy buena.

—Ya lo sé; estoy seguro; pero es preciso que también seas feliz... No olvides que yo soy tu mejor amigo, que Luzmela será siempre tu casa..., que todo cuanto yo tengo es tuyo, todo, ¿entiendes?

Ella, desconsolada, murmuró:

—¡Si fueses mi hermano!...

Enmudecido, acarició él aquella linda cabecita, ya inclinada por el infortunio, y la niña, viéndole callado y afligido, saboreó la amargura del desengaño irremediable.

V

En aquellos cuatro años transcurridos, Salvador visitaba a Carmen muchas veces. La dulce gravedad habitual en la niña le había engañado, porque aquella dulzura triste ya no era sólo espejo de un alma sensible y soñadora, sino que era también señuelo y transfloración de un alma dolorida.

La niña había espigado mucho; su belleza, ya potente, se acentuaba con una encantadora delicadeza de líneas.

Lo más atractivo de su persona era el halo de bondad que nimbaba su frente y la serena expresión amorosa y profunda de sus ojos garzos.

Había en su sonrisa una mística expresión, siempre encesa, como en ideal culto de algún divino pensamiento.

Aquel sublime encanto de la joven era la desesperación de Narcisa y de su madre, que llegaron a odiarla.

Salvador participaba en la casona de la aversión que allí sentían por la niña de Luzmela; no en vano era otro heredero de don Manuel de la Torre.

Según doña Rebeca y su hija, los jóvenes favorecidos por el hidalgo podían considerarse unos ladrones, los secuestradores de la débil voluntad de un loco, cuyo testamento constituía un «atentado contra los sagrados derechos de la familia, una estafa perpetrada por aquel santurrón hipócrita y aquella gatita mansa...»

A pesar de estos finos comentarios, hechos sin recato ni vergüenza delante de la misma Carmen, las de Rucanto recibían a Salvador con agasajo y blandura, considerándole «un buen partido».

Delante de él halagaba doña Rebeca a la niña y ponderaba su crecimiento y donosura.

Narcisa, menos asequible al disimulo y más altiva, se conformaba con demostrar en aquellas ocasiones una tolerancia benévola hacia Carmen, concedida con un aire de superioridad y protección llenos de majestad.

Salvador era poco ducho en artificios de mujeres; todo sinceridad y nobleza, dejábase engañar fácilmente por las dolorosas apariencias del buen trato que Carmen parecía recibir.

A veces, en sus breves visitas a Rucanto, le acompañaba Rita, la buena anciana, siempre ganosa de ver a su santa querida.

Vivía la fiel servidora al lado del médico, ocupando en la casa de Luzmela su puesto de confianza, tantos años acreditado por una constante adhesión al difunto caballero.

En vano intentara Rita continuar al inmediato servicio de Carmen. Doña Rebeca había manifestado a este deseo una ostensible oposición, y la anciana hubo de conformarse con visitar a la niña en todas las ocasiones posibles.

De estas visitas no salía nunca tan satisfecha como Salvador.

En una de las que hizo por aquel tiempo quedóse como nunca mal impresionada, y, de regreso a Luzmela, iba murmurando:

—Está triste la niña...

—Es su seriedad propia, su traje adusto, lo que le da esa apariencia melancólica —respondió el médico.

—No, no; cuando habla parece que va a llorar...

Salvador se quedó pensativo, un poco inquieto.

—Además— añadió la mujer, recelosa—, jamás nos la dejan ver sin testigos...; muchos domingos voy a misa a Rucanto por buscar ocasión de hablarla al salir, y siempre a su vera están la hija o la madre guardándola con codicia.

—Está bien que Carmen no vaya sola.

—Bien estará; pero esas mujeres no me van gustando. Se dice que en la casa hay muchos disturbios, que los hijos son para la madre tan malos como lo fue el marido...

Salvador, muy preocupado, hablando consigo mismo, dijo en voz alta:

—Habrá que averiguar si eso es verdad...; muchas veces la gente levanta fantasías calumniosas...; ellos son todos algo inconscientes, psíquicos por herencia... El mismo don Manuel murió de neurastenia renal y fue siempre exaltado y delirante; pero era tan cabal en nobleza y corazón que su enfermedad no marchitó ninguno de sus bellos sentimientos.

Rita suspiraba.

—Él era otra cosa; nunca la *manía* que todos ellos padecen le dio por reñir ni por dañar...; gozaba en hacer bien, y si en sus tiempos fue enamoradizo y zarandero, pagado lo hubo en buenas obras... Algo sospechoso andaba de su hermana, que a mí una noche

bien me quiso sonsacar los sentires que de ella tenía...;
pero... ¿cómo iba una a adivinar?... Teníala yo además
poco tratada. Siempre la casona de Rucanto fue secreta y aduendada para los lugareños... Servidores del
valle no los quieren; pero los forasteros que les vienen
de criados poco duran, y, antes de najarse, algo mur-
muran en el pueblo.

—Pues es necesario enterarse de la verdad de esas
habladurías... Indaga tú, Rita; yo también he de averiguar algo de lo que nos interesa.

VI

Con aquellos indicios vagos y algunos más seguros
que Salvador fue adquiriendo, la incertidumbre se apo-
deró de su espíritu y sintió una honda inquietud ator-
mentadora.

Tuvo la idea de hacer llegar en secreto una carta
a manos de Carmen para recabar de ella una explicación categórica de los misterios tenebrosos de aquella
casa.

Después pensó pedir a doña Rebeca, francamente,
una entrevista con la muchacha.

Se dirigió a Rucanto lleno de ansiedad. Parecía que
le esperaban o que le habían visto acercarse, porque
le recibió con mucha gracia una sirvienta, conducién-
dole a la sala, donde, con grata sorpresa, encontró a
Carmen sola.

Estaba bordando.

Una nativa autodidaxia le hacía hábil para toda clase de labores, y su naturaleza, pacífica y bien dispuesta, se avenía mal con la ociosidad.

Sonrió a Salvador con una encantadora picardía,
muy nueva en su semblante.

Él, gozoso de hablarle sin testigos y de verla tan alegre, le acarició las manos, dudando si la besaría.

Le pareció aquella mañana más mujer, más linda que otras veces, y como si estuviera un poco desconocida.

Sin que ella hablase, él la interrogó impaciente:

—¿Estás contenta? Venía hoy a preguntarte, ansioso, si vives a tu gusto aquí, si te tratan bien; quiero saber con certeza si eres dichosa. Cuéntame la vida que haces, porque se dice por ahí que en esta casa hay una zalagarda continua, y a Rita le parece que tú estás triste.

Bajó la niña hacia el bordado sus apacibles ojos oscuros, y un poco turbada, murmuró:

—¿Yo triste?

—¿Lo estás, en efecto? ¿Tienes algún deseo, algún disgusto? ¿Es cierto que aquí no hay paz ni alegría?

Carmen, esquivando una respuesta categórica, balbució:

—Ellos riñen mucho; pero a mí eso no me importa...: ¡el padrino quiso que yo viviera con su hermana!...

—Siempre que ella fuese para ti buena como una madre...

La pobre niña tenía toda la voz llena de lágrimas cuando exclamó:

—¡Oh, una madre!... ¡Madre mía!...

Salvador, muy impresionado, volvió a tomar entre las suyas las manos de la muchacha.

—Tú sufres, Carmen; es preciso que me lo cuentes todo...: háblame pronto, antes que nadie venga.

Ella, serenándose, tornó a sonreír con graciosa malicia.

—No vendrán ahora, descuida; me han dado un encargo para ti...; te vieron llegar, y me mandaron venir a esperarte...

Curioso, preguntó el médico:

—A ver, ¿qué se les ocurre a esas señoras?

Carmen, mirándole con franca mirada deliciosa, le contó sin más preámbulos:

—Quieren que te cases con Narcisa...

Él soltó una carcajada demasiado expresiva.

La niña, medrosa, le atajó:

—¡Calla, no te rías tan fuerte, hombre!

Pero el médico no podía calmar su hilaridad jocunda.

Ahogando la risa, llegó a decir:

—¿De modo que están locas de cierto?...

—Sí; locas sí lo están...

—¿O es que quieren burlarse de mí?

—No, eso no; lo dicen en serio; han hablado mucho a solas; luego, doña Rebeca me ha llamado con suma amabilidad y me ha explicado el asunto, entremetido en muchos refranes... que *al buen entendedor, con pocas palabras basta...*, que *más vale pájaro en mano que...* El pájaro eres tú, ¿sabes?

—¿Sí?... Pues mira: le contestas que *no hay peor sordo que el que no quiere oír...*, que *el que mucho abarca poco aprieta...*

Ella le interrumpió con argentina carcajada:

—Yo también tengo muchas ganas de reírme...; mira que casarte tú con Narcisa..., ¡tendría que ver!

—¿De modo que gracias a esta embajada puedo, al fin, hablar contigo libremente?

—Sí, ¿me querías hablar?...

—¿No te digo que estaba muy inquieto por ti? Se comenta ahora mucho la guerra de esta casa...

—Déjalos que estén en guerra...

—Pero tú padeces.

—Yo estoy tranquila, Salvador; en todas partes tendría que sufrir.

—¿Y por qué, hija?

Ella volvió a inclinar la frente, y otra vez, eludiendo una explicación, dijo:

—Estos días están muy amables conmigo.

—¿Estos días solamente?...

Carmen no quería responder con franqueza, y salió diciendo:

—¿No sabes que va a venir Fernando?

—¿El marino?

—Sí.

—¿Y a que viene?

—A pasar una temporada...; ése dicen que es bueno.

—Pero ¿de verdad que son malos los otros?

—¿Malos?... ¡Es que están algo locos!...

—Tú no tienes confianza conmigo, Carmen; eso me entristece...

Ella le miró, cariñosa.

—Sí que la tengo...; ¿tú qué puedes hacer?... Ya no tiene remedio...

—¿Cómo que no?... Yo puedo hacerlo todo; todo, ¿entiendes?... Y lo haré si es preciso; sólo falta que tú me autorices para ello.

—¿Qué harías?

—Llevarte a donde estuvieras a tu gusto... Para eso estoy en el mundo, para velar por ti.

—¿Para eso?

—¿Y lo dudas? ¿No te lo aseguré el día en que saliste de Luzmela? ¿No sabes que el padrino me lo dejó encargado?...

Aquella evocación alteró la expresión resignada de la niña. Se ensombreció su rostro peregrino, y estuvo a punto de romper a llorar.

Logró contenerse con un gran esfuerzo, y entregó su mano temblorosa al joven para protestarle.

—Gracias, gracias...

Él, muy conmovido, besó religiosamente aquella linda mano, insistiendo:

—Dime: ¿te quieres ir de esta casa?

—No, no, aquí me quedaré; si fuera necesario, te avisaría.

—¿Me lo prometes?

—Prometido.

Se quedaron callados un momento; después, Carmen preguntó con sobresalto:

—¿Y qué diré a doña Rebeca de mi comisión?... La he cumplido muy mal. De antemano sabía que tú ibas a reírte, y he gozado con que juntos nos burlásemos un poco de las dos... No tiene Narcisa ningún novio, ¿sabes?, y te querían a ti porque eres rico. Me encargó la madre que te lo propusiese como ocurrencia mía...: que te dijese cosas muy buenas de la chica... Y no te las digo, por si acaso las crees y te casas con ella... Luego estarías bien desesperado... Además de ser locas, son malas; hablan infamias de todo el mundo, de ti también, y del padrino...

—¡Pobre Carmen!... Así no puedes vivir... Yo arreglaré esto.

Carmen, lanzada involuntariamente por el terreno de las confidencias, añadió todavía:

—De Andrés tengo miedo... y también de Julio...

Salvador estaba consternado; se había puesto en pie con impaciencia, y ella insistió, siempre alarmada:

—¿Y qué le diré a doña Rebeca... de *eso?*...

—¿De qué, hija mía?

—De la boda...

Y todavía la niña se rio, un poco burlona.

—Pues... le dirás que yo no pienso casarme nunca.

—¿Nunca?... ¿Y es de veras?

La miró Salvador largamente, para decir:

—Hasta que tú te cases.

Ella, enrojecida, no supo qué replicar.

En la casa, sumida en raro silencio, se oyeron entonces pasos y rumores.

Salvador, deseando esquivar en aquel momento la persecución de las señoras, se despidió de Carmen aceleradamente, prometiéndole volver muy pronto, y haciéndole prometer que, entretanto, ella le escribiría con reserva, poniéndole al corriente de su situación, sobre la cual era preciso resolver en definitiva.

VII

Era aquél un día de emociones en Rucanto.

Saboreaba las suyas Carmencita, olvidada de todo para pensar en los días felices de Luzmela, evocados por la cariñosa visita de su único amigo.

De pronto cayó sobre su ensueño la voz punzante de doña Rebeca, interrogando:

—¿Se fue ya?

La joven se estremeció y, azorada, repuso:

—Ya...

—¿Y no has llamado a *tu prima?*

Tímida para disculparse, guardó silencio la joven, y doña Rebeca contuvo a duras penas su enojo, deseando explorar el resultado de las gestiones que le encomendó:

—Habla, hija mía; ¿qué te ha dicho el médico?... ¿Le ponderaste a Narcisa?... La pobre Narcisa te quiere mucho; hoy me ha dicho que tienes ya que aliviar el luto y salir con ella a paseo. Vamos, explícate: ¿Confesó que le era simpática?... ¡Él siempre le echa unos ojos...!

Carmen, obligada a responder, torpe y confusa, dijo sencillamente:

—Me ha dicho que no piensa casarse nunca.

La señora, descompuesta en un instante, bramando de furor, alzó los brazos sarmentosos sobre la cabeza de la niña. Luego se tiró de los pelos. Uno de sus desahogos favoritos era encresparse la melena blanca, que debiera ser albo nimbo de su ancianidad.

Con la voz temblequeante de despecho, inquirió:

—¿Y le has ofrecido mi hija?... ¡Mi hija despreciada por ese advenedizo, un hijo de mala madre, ladrón, asesino!...

Carmen cerró los ojos, se tapó los oídos, se encogió en su silla pequeña, toda confundida y horrorizada.

Doña Rebeca seguía avanzando hacia la infeliz: le echaba encima su aliento fatigoso y le escupía en la cara los insultos.

—Te aborrezco, usurpadora, infame; que no puedes ver a mi hija porque es mejor nacida que tú, y más guapa, y más rica...

Dio un manotazo furioso encima del bastidor, que rodó por el suelo. La débil madera del telar había gemido rota.

Entonces Carmen se levantó con un instintivo impulso de defensa.

Estaba blanca y tenía en los ojos un extraño fulgor.

Los puso en doña Rebeca con tal expresión de firmeza y de desprecio, que la vieja abatió los brazos y la voz para murmurar:

—¿Me desafías?... ¿Te burlas de mí?... Tú eres la santa..., la santa...

Esta palabra mordaz, aplicada pérfidamente, tenía el privilegio de aplacar las rebeliones de Carmen, tan humanas y tan justas.

Humilló la mirada y cogió del suelo el bastidor.

Estaba pensando: «¡Santa! Todavía no lo soy; me sublevo; me he mofado de ellas con Salvador..., las he acusado..., casi las odio... ¡Dios mío, hazme buena, hazme santa!...»

Doña Rebeca, jadeante, necesitaba descansar; pasó en seguida de lo trágico a lo jocoso, con una extraordinaria facilidad, para decir:

—*No por mucho madrugar amanece más temprano... El que con niños se acuesta...*

Entró en aquel momento la señorita de la casa. Estaba muy retepeinada y jarifa, en previsión de que la hubieran llamado para aceptar benignamente los homenajes del médico; pero había oído los gritos de su mamá, y acudía ceñuda y grave al lugar de la catástrofe.

Viendo a Carmen descolorida y confusa, desmelenada y rendida a su madre, adivinó el resultado de sus tentativas, y ya se iba a insolentar, cuando una voz providente dijo en la puerta:

—Señora, un telegrama.

Dio dos saltitos doña Rebeca para apoderarse del papel azul, y Narcisa, olvidada de sus propósitos, giró como una veleta hacia la noticia telegráfica.

VIII

Aprovechó Carmen aquel afortunado momento para escaparse. Tenía en el desván un pequeño refugio, donde había pasado muchas horas de miedo y de dolor.

Era un cuartito con una tronera alzada sobre el alero del tejado; nadie lo habitaba, y ella solía subir allí a ver cómo el sol pasaba por el valle, a mandar un beso a la torre lejana de Luzmela y una oración al alto cementerio, donde su protector dormía ajeno a tanta desventura. Se oía desde el alto rincón la voz recia del *Salia,* acordada en eterno cantar glorioso.

Carmen, engolfándose allí en la exaltación de los más altos pensamientos, no desdeñaba la amistad de un ser miserable, que solía esperarla en el solitario lugar y acariciarla humildemente.

Era un gato, que habitaba casi siempre por aquellos andurriales, huyendo de la escoba de doña Rebeca.

Tan ruin era y tan feo, que le llamaban *Desdicha*.

Carmen le llevaba con frecuencia algo de comer, y el pobre animal le pagaba su compasión con artísticos arqueos y amorosos ronquidos.

Muchas veces, contemplando ella los cambiantes policromos de los ojos del gato, pensaba que eran aquellas bestiales pupilas las únicas que en la casona la miraban sin encono; y cuando el maullido blando y lastimoso de *Desdicha* la llamaba con cariñosas inflexiones de gratitud, le sonreía como a un ser racional y le hablaba dulcemente, respondiendo a sus insinuantes confidencias...

En una de las frecuentes escapatorias al desván, Carmen había descubierto entre inservibles trastos la imagen, tallada en madera, de un Niño Jesús.

Medía un palmo de altura, estaba desnudo y era una escultura tosca. La carita, atristada y borrosa, tenía unos ojos clementes, de los cuales habían resbalado a las mejillas unas lágrimas de muy dudoso arte.

A Carmencita le dio mucha lástima de aquel inconsolable dolor rodando por el rostro bendito.

Tomó la imagen y la aseó, y a escondidas, con sobresaltos y recelos, le hizo una túnica piadosa con el traje blanco de triste membranza.

El Niño estaba sobre un mundo dorado, encima de una peana rústica.

Buscó la joven un rinconcito donde colocarlo, en uno de aquellos muebles rotos; y allí escondido, le visitaba todos los días y le contaba, en plática muda y tierna, sus dolores solitarios.

Aquella mañana fue a verle, y le pareció que él también estaba más afligido que nunca.

Mirándolo estaba con sus bellos ojos empañecidos de tristezas, cuando *Desdicha* la vino a saludar con expresivos arqueos y ronroneos apremiantes. Ella le acarició, prometiéndole un regalo para más tarde, y como algunas lágrimas ardientes cayesen entonces sobre la piel tigresa del animal, volvió éste hacia la niña sus ojos mortecinos, llenos de mansedumbre, y le dijo algo piadoso en su bárbaro lenguaje; después lamió con delicia las gotas cálidas del llanto, y tornó a sus arqueos y a sus ronquidos amistosos.

Carmen se inclinó hacia el pobre *Desdicha* hasta rozar con sus labios rojeantes la piel hirsuta del animal; luego le colocó blandamente en el alféizar de la ventana, a la *raita* del sol, y despidiéndose con pesar de la vista del valle y del cantar del *Salia,* bajó al piso principal, porque era mediodía, y se comía allí a las doce en punto.

IX

El papelito azul decía:

«Llego en el expreso.

FERNANDO.»

Y toda la casa se había revuelto.

La comida no estaba pronta. Había un trajín impaciente de muebles en las habitaciones, y cada vez que la madre y la hija se encontraban en medio de tal jaleo, reñían y se increpaban, porque Narcisa, celosa siempre del hermano buen mozo y seductor, opinaba que aquéllos eran demasiados preparativos para reci-

birle, y protestaba con satíricas frases contra aquella
revolución inusitada.

En esto llegó Andrés. Traía hambre y estaba de muy
mal humor.

El retraso de la comida le solivantó, y al enterarse del motivo de aquellas alteraciones, preguntó,
irritado:

—¿Y a qué viene *ése?*

Doña Rebeca le contestó con autoritario tono:

—Viene a casa de su madre; hace seis años que no
le veo; tiene tanto derecho como tú a vivir conmigo.

—¿Derecho?... Él tiene carrera...; tú le prefieres porque es guapo, le consientes todos sus caprichos y le
das dinero...

Descargó un puñetazo sobre la mesa, con toda la
reciedumbre de sus puños potentes, y platos y copas
saltaron con estruendo y destrozo.

—¡Está borracho! —dijo Narcisa con desprecio.

Él se revolvió como una fiera, y le tiró a la cabeza
su bastón de cachiporra.

Se dio a gritos doña Rebeca; Narcisa, ilesa, inventó
un desmayo, y Julio iluminó con un destello de feroz
alegría su vidriosa mirada.

Andrés, creyendo que había herido a su hermana,
improvisó un segundo acto melodramático y, aprovechando una iracunda mirada de su madre, fingió querer clavarse en el pecho un inofensivo cuchillo de
postre.

La cándida niña de Luzmela, con un espontáneo movimiento de humanidad, corrió a estorbarle el *suicidio,*
y aquélla fue la primera vez que él miró a la muchacha
con detención y de cerca.

La encontró muy hermosa; toda su materia se estremeció, y al entregarle el cuchillo sin la menor resis-
tencia le sobó las manos groseramente.

Quedó aplacado el guijarreño mozo por la magia de aquella sorpresa, y como Narcisa creyese prudente recobrarse del *síncope,* porque la sopa se estaba enfriando, se hizo la paz en un minuto, Julio dejó de sonreir, y todos se sentaron a la mesa, provista de otros platos y de otras copas.

Comieron de prisa y comieron mucho; allí siempre se comía mucho. Con las bocas llenas de insultos, en discordia, en pelea, los guisos y las botellas se despachaban lindamente...

Doña Rebeca, muy amable con Carmen, la llamó *sobrinita* varias veces y la instó a repetir de algunos platos.

La niña, incapaz de acostumbrarse a tales mudanzas estupendas, no sabía si temer o alegrarse en aquella ocasión, y, sintiéndose al fin contagiada por la extraña tranquilidad general, esperó curiosa la hora del tren expreso, que era la de las cuatro de la tarde.

X

Creyó doña Rebeca oportuno dar dinero a su hijo Andrés con más largueza que de costumbre para que se fuera contento por muchos días; pero él, apuñando el pago de su ausencia, no se alejó sin rezongar y sin echar sobre Carmen una mirada licenciosa.

Afortunadamente, la muchacha, distraída por los extraordinarios sucesos de aquel día, no había notado la brutal impresión que estaba causando en Andrés.

A la hora oportuna bajaron las señoras a la estación, y Carmen se quedó sola. Ella nunca salía sino a la huerta o al campo... ¿Qué iba a hacer en lugares de pública reunión una chiquilla recogida de caridad y siempre enlutada y triste? La niña había

llegado a creer que doña Rebeca tenía razón en dis-
poner así de sus florecientes diecisiete años, y no in-
tentaba nunca quebrantar este decreto martirial y ab-
surdo, que la recluía siempre en grave soledad.

Apenas salieron la madre y la hija, Carmen oyó que
Julio aullaba en su dormitorio, y temiendo que saliera
a asustarla desde algún rincón con sus ojos crueles,
bajó al zaguán y se puso a escuchar el silencio de
la tarde.

Sintióse a poco, por el jardín adelante, un rumor de
palabras.

Sobre la dura voz de Narcisa y la chillona de su
madre, otra, sonora y firme, se alzaba risueña.

Carmen se asomó a mirar.

Allí estaba Fernando, esbelto, seductor, con su cara
pálida y fina, su bigote negro, sus ojos endrinos y
soñadores.

Tenía despejada la frente, rizo el cabello oscuro y
sensual la boca, sonreidora y correcta.

Entró el viajero en el zaguán, y quedóse la muchacha
fascinada, dudando si, en efecto, sería aquél Fernando
Álvarez de la Torre, hijo de doña Rebeca.

Pero lo era, porque viéndola él replegada contra el
muro, preguntó a su madre:

—¿Ésta es la hija del tío Manuel?

Y sin esperar respuesta la abrazó con efusión, la
miró con entusiasmo y declaró al fin:

—¡Es muy bonita..., muy bonita!

Carmen estaba encantada, Narcisa furiosa, y doña
Rebeca parecía abstraída en perplejidades y temores,
con un aire lánguido de víctima, muy mal avenido con
su figurilla inquieta y alocada. Sentía un enfermizo
reblandecimiento de amor maternal hacia el marino, y
veía avecinarse en torno suyo los iracundos celos de
Narcisa.

Esta perspectiva, ¿la entristecía o la alegraba?... Era difícil averiguarlo, porque su aspecto adolecido parecía poco sincero. ¿Acaso no estaba ella en su elemento cuando más fuertes se desencadenaban en la casona las tempestades familiares?...

Se habían quedado todos sumidos en un silencio molesto, durante el cual la galante sonrisa de Fernando siguió fija en el turbado rostro de la niña de Luzmela, y entonces la señora instó a su hijo a subir, ponderando con entrecortada voz, muy fingida y lacrimosa, los anhelos que sentía de verle a su lado y recrearse con su presencia.

Tan pronto como ellos desaparecieron, Narcisa empezó a trastear con bruscos ademanes: quitaba y ponía sillas de un lado a otro, empujaba a puntapiés el equipaje de su hermano y silababa unas amargas murmuraciones:

—Ya tenemos en casa el viril; ya está aquí el oráculo; se completó la sección de estorbos... Entre chiquillas de la calle y señoritos guapos vamos a estar divertidos...

Carmen, sin atender a Narcisa, estaba sintiendo todavía cómo la acariciaba dulcemente la sonrisa serena del marino.

En pocas horas cambió Fernando el semblante sombrío de la casa.

Cantó, abrió los balcones con estrépito, y una brisa otoñal, odorante y pura, refrescó las habitaciones lóbregas, cerradas por el desuso mucho tiempo.

No quiso la que le habían preparado, sino otra mayor, con mejores vistas y peores muebles.

La casona, inmensa, tenía amplios aposentos desmantelados y medio ruinosos.

Todas aquellas ventanas carcomidas y gimientes las abrió el marino de par en par, y el sol se tendió perezoso en las estancias, y entraron con él en la casa los rumores soberbios del río y el garganteo melódico de los malvises.

Estaba la mies en derrota; los ganados, libres, sesteaban soñolientos, se refocilaban en bárbaras persecuciones, o pacían en lentas cabezadas los brotes *sirueños*.

Tintineaban las esquilas en la mansa levedad del ambiente, y todo el valle se hermoseaba con traje de alegría en la paz geórgica de la tarde.

Fernando prodigaba sus admiraciones a los encantos de aquel panorama delicioso y, saciando sus ojos de hermosura, rememoraba los años infantiles, pródigos en aventuras y promesas.

Mientras tanto, doña Rebeca había dejado de reñir a voces; Julio apenas salía de sus escondites y Andrés no había vuelto a aparecer por la casona.

Narcisa, más convencida que nunca de la importancia de su persona y de la sublimidad de su talento, se engolfaba en lamentaciones augurales, presagiando que el regreso tan festejado del marino había de traer graves perjuicios al esclarecido solar de Rucanto...

Con el reciente trasiego de muebles, Narcisa tomó pretextos para lanzar de su cuarto la camita de Carmen, y la niña, muy contenta, eligió para colocarla un retirado gabinete desalhajado y achacoso, pero con recia llave en la cerradura y ancha ventana abierta al campo sobre el camino de Luzmela.

Entonces, aprovechando los favorables vientos de paz que reinaban en la casa, se atrevió a bajar del sobrado la abandonada imagen del Niño Jesús. La puso encima de una rinconera adherida al muro espeso del dormitorio, y se complació en su compañía y en su devoción, con místicos arrobos.

Parecióle que el vestidito de la imagen estaba un poco sucio, y se lo lavó, para volvérselo a poner muy bien alisado y pomposo.

Buscaba todos los días algunas flores que ofrecerle, y cada noche, antes de acostarse, le besaba con fervor en las divinas lágrimas.

Una mañana de aquéllas estaba peinando la encrespada peluca del Niño con su mano alba y tersa, cuando sintió una inquietud medrosa que le hizo volver la cara.

Por la puerta entornada, los ojos felinos de Julio la perseguían, apostados en la oscuridad como una maldición.

XI

Fernando se complacía en manifestar a Carmen una simpatía franca, llena de atenciones.

Cuidábase poco de su madre y de su hermana, sin preocuparse de merecer su beneplácito.

Desde la primera mirada vio cómo ellas aborrecían a la niña de Luzmela, y, sin protestar contra esta monstruosidad, él se puso a quererla, porque le pareció digna de cariño.

Doña Rebeca, entretanto, tragaba saliva, renegaba de todo lo criado, a media voz, y, quedito, en los pasillos y en los rincones, le decía a Carmen injurias y refranes con perversa impunidad.

Una calma aparente reinaba en la casona, porque Narcisa, sabiendo que le era imposible contrarrestar la influencia que Fernando ejercía en su madre, se contentaba con zaherirlos a los dos a cierta distancia del marino, apagando la voz y mordiendo las desesperaciones de su envidia.

El fracaso de sus tentativas conquistadoras cerca de Salvador la tenía frenética.

Había creído que, por miedo o por conveniencia, Carmen iba a cumplir a satisfacción la extraña embajada; que no era lerda la niña ni le faltaba ingenio para enredar una madeja de amores. Pero no había querido, no, ¡la pícara, la taimada!...

Uno de aquellos días en que tuvo ocasión de echarle a la muchacha en cara lo que ella llamaba su *ingratitud,* tantos cargos terribles le hizo y de tales apariencias de indignación adornó su resentimiento, que la niña llegó a creer en la posibilidad de su culpa.

Mostróse muy apurada entonces, y Narcisa, abusando de aquella turbación inocente, derrochó sobre la muchacha las recriminaciones y acudió después a las amenazas.

Carmen, llena de temor, trató de calmarla insinuando alguna promesa.

—Él me dijo —balbuceó— que no pensaba casarse...; pero creo que lo dijo en broma...; quedó en venir pronto...

—No; si a mí por él no me importa un bledo...: tengo pretendientes de sobra. Lo que siento es tu mala voluntad, tu poca complacencia... Se trataba solamente de conocer sus intenciones..., de saber por qué nos visita tanto... Por ti no será...: ¡dicen que sois hermanos!...

La niña, recobrándose, contestó al punto:

—Si fuese cierto, por mí vendría...

—O no, que a los hermanos no les da tan fuerte. Ya ves lo que se molestan por mí los míos..., ¡como yo por ellos!...

No oyó Carmen estas últimas palabras, embebecida en la ilusión de pensar que para Salvador pudiera ser su hermano.

La otra arguyó todavía:

—Él bien me mira.

Distraída, afirmó la muchacha:

—Sí..., él bien te mira...

—Bueno; pues quiero conocer sus propósitos, porque así estamos perdiendo el tiempo, y yo me perjudico.

Aún dijo Carmen, perpleja:

—Tú te perjudicas...

—Pues es preciso que te enteres pronto y bien de su intención..., con disimulo..., y si no, ¡pobre de ti!

La niña, como un eco, repitió mentalmente:

—¡Pobre de mí!

XII

Sin embargo, Carmen ya no era tan pobre; tenía un amigo influyente en la casona, donde antes sólo tuvo un Niño Jesús de madera y un gato feo y ruin.

Con lozana alegría empezaba a florecer su corazón amoroso; y seducida por aquellos primeros favores de la suerte, se sintió tan deseosa de paces y treguas en la batalla de su senda oprimida que pensó en congraciar con un ardid a la terrible señorita de la casa, escribiendo a Salvador dos renglones que pudieran convertirse en alguna esperanza para la cazadora de novios.

Y ella, tan sin artificios ni dobleces, imaginó en seguida un medio fácil y seguro de hacer llegar su misiva a las manos del médico.

Era un sábado y doña Rebeca daba algunas limosnas en ese día, por vieja rutina de la casa. Solía la niña repartirlas, y tenía un pobre favorito muy socorrido por ella en sus prósperos días de Luzmela.

Aguardóle, y, con misterio, le dio su papel para Salvador.

En él decía:

«Estoy bien y mucho más contenta; no dejes de venir pronto a vernos, y procura estar amable con Narcisa: es un favor que te pido.»

Después que el emisario partió, gozoso de servir a su bella protectora, Carmen se quedó arrepentida de inducir a Salvador a una farsa con aquel impremeditado ruego.

Quiso tranquilizarse pensando: «No será más que una medida para que ahora me dejen en paz; él lo hará con gusto cuando yo le explique...» Pero ¿qué le explicaría?... Carmen enrojeció a solas, y sintió en su corazón un acelerado latido.

Quedóse pensativa.

Entretanto, Andrés se había avistado ya con su hermano.

Llegó el malviviente a la casona un poco menos feroz que otros días.

Él y Fernando se saludaron como si la víspera se hubieran visto.

El marino se contentó con decir:

—Estás viejo, hombre...

Andrés le atravesó con sus ojos bizcos, inexpresivos y torpes, y dijo, un poco sarcástico:

—Tú estás más joven.

Se volvieron la espalda. Fernando cantaba una barcarola. Andrés buscaba a su madre para pedirle dinero.

En el corredor se tropezó con Carmen; parecía haberse olvidado de ella, y al verla dio un gruñido y trató de hacerle una caricia.

Sobrecogida, no pudo evitar un ligero grito al esquivar su cuerpo inmaculado de las manazas brutales del hombrón.

Salieron doña Rebeca y Narcisa de sus habitaciones como dos víboras de sus escondrijos, silbando:

—¡Loca!... ¡Si está loca!... ¿Qué escándalo es éste?

Andrés, detenido en medio del corredor, perseguía a la joven con una mirada estuosa y voraz, y las señoras de la casa, asomadas una a cada puerta, atisbaban procaces y malignas.

Fernando, desde la entrada del corredor, sonrió sobre aquella escena amarga, sin sorpresa ni indignación aparente, y le dijo a Carmen, que se le había acercado medrosa:

—Anda, vente conmigo un poco a la huerta...

Se hizo el silencio en torno a aquella voz armoniosa, que ejercía un milagroso imperio en la familia, y Carmen, bajo la protección de aquel influjo bienhechor, se apresuró a obedecer.

Salieron a la huerta, por la puerta vidriera del pasillo.

La miraba el marino intensamente con una delicia manifiesta: ella sentía una turbación extraña.

Iban al mismo paso descuidado, por el sendero, y le dijo él:

—No tengas cuidado ninguno mientras esté yo aquí...

Después, de pronto, murmuró:

—¡Qué bonita eres y qué buena!

Ella, toda estremecida, se quedó silenciosa; su corazón aleteaba con unas agitaciones inefables.

Fernando suspiró. Se inclinó para arrancar entre la hierba unas borrajas, ya casi marchitas, y con otra voz distinta, fraternal y confidencial, preguntó:

—¿No tienes más que este vestido, Carmen?

—Éste, y otro más viejo...

—Y... ¿cuándo te quitas el luto?

—Cuando *ellas* manden...

Él tiró las flores distraído, y repuso:

—Lo quitarás ahora, para Todos los Santos...

Entonces la niña le miró maravillada, tan llena de admiración, que él, otra vez con acento ardiente, le volvió a decir:

—¡Qué buena eres... y qué hermosa! Te quiero mucho, Carmencita; ¿me quieres tú algo?

Haciendo esfuerzo para serenarse balbució ella, con timidez encantadora:

—Algo sí...

—¡Divina..., divina! —murmuró el marino, casi en un soliloquio, y devoraba con delectación el rubor de la muchacha y su emoción profunda...

Cuando volvieron de aquel breve paseo, Andrés se había marchado sin esperar a comer; Narcisa tenía un pliegue enigmático en su frente orgullosa, un poco deprimida, y doña Rebeca parecía que había llorado.

Carmen, embebecida en algún pensamiento celestial, sin duda, mostraba una expresión nueva y radiante, y Julio, que la perseguía con ojos interrogadores, no quiso comer sin la sal de las lágrimas con que la niña de Luzmela solía sazonar las familiares viandas.

XIII

Estaba Salvador muy asombrado de los renglones de Carmen.

Pensó en ir a Rucanto al día siguiente con pretexto de saludar a Fernando y le parecieron largas las horas hasta que llegase la de ver a su amiga.

Se recibió su visita en la casona con mucho agasajo.

Doña Rebeca hízose toda un puro caramelo, y Narcisa, que tardó en presentarse un buen rato, llegó emperejilada y grave. Era delgadísima y componía mañosamente el desgarbo de sus formas mediante postizos fementidos. Vestía con lujo, y llevaba en la cara vulgar una expresión dura, y muchos polvos de color de rosa.

Fernando y Salvador se abrazaron cordialmente; contaban una misma edad y habían hecho juntos algunas memorables jornadas infantiles.

Cuando entró Narcisa en la sala, Salvador no pudo remediar cierto azoramiento mortificante, que ella interpretó a su antojo.

Llevaba el médico en la solapa una blanca margarita del jardín de Luzmela.

La señorita de la casa admiró con insinuante ponderación la gracia de la florecilla, y el joven, por no saber qué hacer ni qué decir, se la quitó del ojal, ofreciéndosela.

Fue aquél un momento incomparable para Narcisa: tomó en triunfo la flor y se la prendió en el pecho, rebosante de gozo...

Fernando convidó al médico a comer, y las señoras asintieron a la invitación con tan buena voluntad, que Salvador no pudo evadirse de aceptarla, aunque estuviese muy disgustado allí. No era experto en artes de coquetería femenil, y los manejos astutos de Narcisa le ponían nervioso.

Además, se hallaba impaciente porque Carmen le revelase el motivo de su extraña súplica, mientras ella parecía completamente olvidada de dar a su amigo esta explicación. Tenía en aquella hora una actitud singular y extraña, que acrecentaba su belleza dulcísima. Abstraída y silenciosa, mostrábase ajena a todo lo que no fuera oculto embeleso de su alma.

Salvador la observaba lleno de incertidumbre; y sólo pudo averiguar, al cabo, que, de tarde en tarde, la muchacha alzaba el vuelo de sus pestañas sedeñas hacia los ojos fulgurantes de Fernando...

Cuando, a media tarde, volvía Salvador en su caballo hacia Luzmela, una pena asordada y mordiente lastimaba en su corazón, y la gloria del valle y la canción del río caían sin encantos en la sombra de su espíritu.

XIV

En uno de aquellos días el marino pasó en la capital algunas horas.

A su regreso colocó sobre la mesa del comedor unos paquetes.

Narcisa corrió a curiosearlos, y se complació a la vista de unas elegantes telas de finos colores.

Muy amable, dijo a su hermano:

—Has hecho compras, ¿eh?

Y él, con su galante sonrisa, respondió:

—Sí; unos trajes para Carmencita. Por ahorraros molestias, yo mismo avisé a la modista de Villazón, que vendrá mañana para que la niña elija modelos.

Narcisa se puso verde.

Con las manos estremecidas sobre las telas, estuvo un momento dudando si podría tragar su despecho. Tenía asomadas a los labios desdeñosos unas agrias frases de reproche y ofensa, y, con ellas extendidas por toda su cara descompuesta, salió de la estancia dando un tremendo portazo, que alzó en todas las habitaciones un eco penetrante.

Fernando, sin perder su risueña actitud, volvióse hacia Carmen, que estaba inmóvil y pasmada, para decirle:

—¿Te gustan los colores? —y le señalaba las telas dobladas.

La muchacha no se atrevía a responder ni casi a mirar.

Él se acercó afectuoso, y la obligó a levantar la cabeza, rozándole con la mano suavemente la redonda barbilla.

Con acento contenido y amoroso le suplicó, casi al oído:

—¿No te he dicho que mientras yo esté en Rucanto no debes temer nada?

Tenía Carmen cuajados de lágrimas los ojos, y sentíase presa de una emoción confusa, entre grata y doliente.

Llena de sinceridad infantil, interrogó, ansiosa:

—¿Y estarás aquí mucho?...

Había tal anhelo revelado y temeroso en esta pregunta, que el impávido marino, tan señor de sí mismo y tan risueño, sintió una verdadera emoción de piedad y de ternura.

La estaba mirando a los preciosos ojos ardientes, cuando contestó:

—Estaré... todo el tiempo que tú quieras...

—Entonces, siempre...

—Pues... siempre... Ya sabes tú que te quiero mucho, ¿verdad?... Eres una santa, niña, una santa muy hermosa.

Ella, con la incomparable sorpresa de aquel lenguaje cálido y ferviente, llena de efusión, murmuró:

—Tú eres bueno...

Bajo la influencia de aquel minuto grande y puro de su vida, repuso Fernando:

—No; no soy bueno...; seré, si tú quieres, *menos malo*..., pero, aunque no soy capaz de nada sublime, tampoco de nada infame.

Y como si quisiera justificar sus palabras, dejó de sugestionar a la niña con su voz conqueridora y con su mirada magnética; la hizo llegarse a mirar los ves-

tidos, y quiso hablar de ellos en conversación amistosa
y festiva.

Pero Carmen seguía extasiada ante una revelación
luminosa que la poseía toda de extraña y honda felicidad.

XV

Se supo en la casona, y aun en los alrededores, que
doña Rebeca y su hijo mayor habían tenido una larga
y solemne entrevista.

Y aunque parecía imposible que la señora fuese capaz de sostener una conversación seria, sin exaltacio-
nes y mudanzas, sin gritos insensatos ni absurdas in-
terpretaciones, ello fue cierto que Fernando la sometió
a esta penitencia y que empleó en tal empeño toda la
fuerza moral con que dominaba a su madre.

Se supo también que al fin de esta memorable confidencia, había sido llamada Narcisa y que después de
escuchar, con mal contenida impaciencia, las admoni-
ciones de su hermano, más autoritarias que suplican-
tes, salió diciendo, evasivamente y con saña:

—Cásate con ella y te la llevas a navegar; mientras
tanto, mamá dispone, al fin, de su herencia, que ya es
hora, y paga lo que debe y salimos a flote... Eso es lo
mejor que podías hacer; ya que tanto te interesa la
chica, a la vez que la sacas de penas nos sacas a todos... Tú, que eres el mayor y el preferido, debes ayu-
dar a tu madre...

Se supo, en fin, que entre otras muchas cosas acordes
y sensatas, inusitadas en aquella casa de locos y de
suicidas, Fernando dijo con acento honrado:

—Yo no soy capaz de hacerla feliz...; yo no me-
rezco...

Maravilló mucho que doña Rebeca escuchase el severo sermón de su hijo sin tirarse de los pelos ni recitar siquiera un mal refrán, y que, por remate de cuentas, Carmen estrenase en paz sus lindos trajes y saliese a paseo a la estación, después de la misa mayor del día de los Santos.

La miraron aquella mañana en el pueblo como a una desconccida; parecía otra.

Llevaba con exquisita gracia su modesto traje de señorita, se había recogido sencillamente los cabellos, cuyos ensortijados aladares daban a sus sienes puras la idealidad de una corona.

Pero lo más sorprendente, lo más admirable de la niña, era aquella su incopiable expresión de delicioso ensueño, que encendía en sus labios sonrisas misteriosas y en sus ojos intensas y divinas luces.

Salvador la encontró al salir de la iglesia; iba Carmen con doña Rebeca y el marino.

La señora llevaba un semblante dolorido y amargo, como si estuviera bajo el peso de alguna gran desgracia.

Fernando parecía un poco triste; su habitual sonrisa era algo forzada.

Sólo Carmen iba poseída de íntimo gozo, lleno de fulgores.

Se quedó Salvador absorto contemplándola, y el dolor causado por ella en el corazón del joven hacía días, se agudizó y le hizo palidecer.

Nada de esto advirtió la muchacha, engolfada en su interno delirio.

Fueron juntos los cuatro hacia la estación, al paso menudo de doña Rebeca, que acentuaba su actitud de víctima musitando entre suspiros:

—*De fuera vendrá quien de casa nos echará...; unos nacen con estrella...*

Fernando y Carmen se adelantaron un poco, enveredados a la par por la mies adelante.

Mostrábase el otoño benigno y dulce, y era la mañana serena y luminosa.

Tenía el ambiente una cristalina diafanidad, una templanza gozosa.

Las praderas, enverdecidas, con un pálido color de esmeralda, ofrecían suavidad fonje y amable, y en los hondones del terreno alzaban los arroyos su plácido son.

Los bosques, despojados a medias, daban al paisaje una nota melancólica de marchitez poética, y su mantillo abundoso en amustiadas hojas ponía un contraste pintoresco sobre el terciopelo verde de las campiñas.

La hoz trágica, abierta en el horizonte, levantaba sus montañas bravas y oscuras hasta el cielo, vestido de índigo color, terso y puro, sin un solo jirón de nube triste.

Carmen vivía con nuevas y potentes sensaciones toda aquella vida apacible y fecunda del valle.

Derramaba la sorpresa de sus ilusiones en las caricias con que miraba al cielo y al campo, al bosque y a la montaña, para luego recoger de toda aquella belleza más infinitos anhelos de vida imperecedera, de eterna esperanza de felicidad.

Cuando oyó a su lado la voz amorosa de Fernando, aquella voz que sabía tener para ella acentos subyugadores, irresistibles, se ruborizó de dulcísimo placer.

Él no podía apartar los ojos de la joven.

Parecía que, mirándola, luchaba con una tentación dominante y que, débil y antojadizo, se dejaba vencer de la mágica tentación.

Hablaron en voz baja, con las miradas confundidas y los corazones agitados.

Hacían una pareja encantadora.

Mientras tanto, Salvador, acompañando a doña Rebeca, iba gustando una cruel amargura insoportable.

Carmen no le parecía la misma.

No era su hermanita de Luzmela ni su protegida de Rucanto.

Era ya una mujer, era una novia, y lo era a los ojos de todos, a pleno sol, en plena posesión de todas las sensaciones divinas del amor, entregando su alma a otro hombre, sin volverse a mirar si él padecía, abandonado del único objeto de su vida...

Oía el médico, vagamente, el acento lamentoso con que doña Rebeca le iba diciendo:

—Pues sí, allí se quedó la pobre trajinando; vino a *misa primera...;* es muy hacendosa, muy formalita...; ¡con Fernando y la ropa nueva de Carmen!... Porque es lo que yo digo: *tú que no puedes...*

Cuando llegaron al andén, donde después de misa solía pasear el señorío, Salvador se apresuró a despedirse con el pretexto de tener que visitar a algunos enfermos.

Entonces, reparando el marino en la profunda alteración de sus facciones, observó:

—Tú también pareces enfermo...

El médico perdió su aplomo hasta el punto de no saber qué contestar, y la despedida resultó fría y penosa.

XVI

Todo el resto de aquel día se pasó en Rucanto en una tesitura violentísima, pero sin una voz levantada, sin un insulto echado a volar.

Aquella calma amenazante parecía el presagio de una borrasca.

Doña Rebeca y Narcisa se eclipsaron en sus habitaciones, después de una comida silenciosa y triste.

Julio no se había levantado de la cama, y Carmen y Fernando todo lo hablaban con los ojos, en mudas contemplaciones, con una ansiedad llena de homenajes.

Uno y otro habían dejado casi intactos los platos en la mesa.

Como iban siendo breves las tardes, apenas dieron en el huerto unos paseos, ya cayó la luz, y el paisaje se hizo impreciso y todo se enmudeció en la vega, a no ser la fresca voz del río elevada en gregario constante, como un inmenso arrullo encalmado.

Los dos jóvenes entraron entonces en la salita baja y se acercaron a la reja que daba al jardín sobre el vano de la ventana.

Fernando buscó un taburete para sentarse a los pies de la niña, y como si cediera a un impulso contenido y frenético, con una embriaguez de palabras ardorosas, le habló de amarla mucho y amarla siempre.

Ella, aturdida, hechizada, se dejó inflamar en aquel fuego divino que ya había prendido en su corazón, y respondió a la querella amorosa con una encantadora reciprocidad de promesas.

Él decía con una vehemencia arrebatadora; ella, con una ingenuidad tan blanda y dulce, que su voz regalada parecía un suspiro.

Hicieron su novela.

Se casarían, y él la llevaría en su barco por la llanura inmensa del mar bueno, de su amigo el mar.

Sería un viaje de novios como un vuelo sin fatiga por un desierto azul; sería la posesión pacífica y suprema de todos los goces del amor, en un olvido absoluto de la tierra, en una excelsa meditación sin turbaciones, en una vida nueva, sin límites, sin horizontes, inmensamente feliz.

Carmen veía cómo el cielo todo bajaba a su corazón confiado y noble; veía cómo era verdad que había en el mundo amor y ventura.

Fue aquél un idilio intenso, ferviente, vibrante, erigido en una hora de gloria humana, en que todas las ilusiones de Carmen florecieron con divinas rosas...

Una cosa acre, fría, inclemente, rodó encima de aquel himno armonioso.

Era la voz de Narcisa, que pedía la cena.

Carmencita, incapaz de bajar de un solo paso desde el cielo rútilo y floreciente hasta el lóbrego comedor de la casona, se deslizó hacia su dormitorio para recogerse un momento a componer su semblante transfigurado.

Iba casi a tientas por salas y pasillos penumbrosos, a los cuales la luna se asomaba un poco por las vidrieras desnudas.

No sabía la joven de cierto si pisaba en el tillo crujiente o en una nube esplendorosa y flotante, o ya en el barco milagroso de Fernando... Iba alucinada, henchida de felicidad...

Al llegar cerca de su cuarto, sin miedo a nada ni a nadie del mundo, desasida de la tierra, elevada a todas las excelsitudes de la gloria, una sombra siniestra cruzó a su lado; la vio desvanecerse hacia el fondo oscuro del corredor. Con el corazón acelerado, entró en su aposento y, buscando cerillas en su mesa, encendió una luz.

Miró en seguida a todos lados con zozobra, y encontró a su pobre Niño Jesús colgado ignominiosamente de un clavo por los escasos cabellos rubios.

Corrió a libertarle de aquella burla sacrílega, y vio con desconsuelo que habían tratado de sacarle los ojos. Los tenía heridos, como si se los hubiesen pinchado con un punzón. En uno de ellos, el cristal estaba roto con una incisión que laceraba toda la cándida pupila.

Carmen no sabía qué pensar de aquel atentado contra la sagrada imagen.

¡Había dado un tropezón tremendo desde su nube o su barco contra la siniestra sombra hundida en el corredor!...

Un minuto más que hubiera ella tardado, y el pobre Santo, indefenso, hubiera perdido sus dos ojitos clementes, llenos de lágrimas.

Irguióse la muchacha, indignada, con el Niño en los brazos, y le besó con ternura compasiva, dispuesta a defenderle y amarle contra todas las sombras perversas de Rucanto.

Cerró su puerta con llave para bajar al comedor, y al entrar en él vio que Julio, a quien ella creía enfermo, estaba allí, espiándola con ojos acerados; y como fulgurase sobre ella una mirada sañuda, semejante a una maldición, acercándosele, serena y valiente, le miró retadora hasta hacerle inclinar la cabeza.

XVII

Carmen pasó la noche en vigilia febril.

El sueño de las altas horas le pesaba en los párpados, rendidos; pero acunada por la nave milagrera de su novio y perseguida por la imagen fatídica de Julio, no podía dormir ni sosegar, hasta que, ya alboreciendo, se sumió en un leve descanso lleno de estremecimientos.

Despertóse bien entrada la mañana, y le pareció oir lamentos y carreras, como en los días aciagos de aquella casa. No se inquietó gran cosa pensando que la presencia benigna del marino encalmaría bien pronto aquella tempestad.

Empezó a vestirse lentamente delante de un espejito tan pequeño, que se iba viendo en él *por entregas,* y reparando en ello se sonreía.

Estaba llena de sonrisas Carmen aquella mañana...
Una sonrisa para el espejo donde, inclinándose, vio su
cara preciosa un poco descolorida: otra sonrisa para
la ventana, ya acariciada por el sol pálido de noviem-
bre..., otra para el cielo; los ojos garzos y acariciadores de la niña subieron hasta él dulcemente al través
de los vidrios empañecidos por la helada... Estaba todo
azul; ¿no había de estarlo?... Azul tenue el cielo, dorado desvaído el sol, verde apagado la campiña..., ¡qué
bonitos colores tenía la vida aquella mañana!

Y en el firmamento apacible cabalgaba una nubecilla
blanca y graciosa, que parecía una vela marina hin-
chada por el viento... ¿Si sería un barco?...

Carmen quedó absorta en una silenciosa meditación.
Estaba abrochando los botones del peinador y volvió a
mirar hacia el espejito, donde ahora se reflejaban sus
dos manos nacarinas ajustando la tela sobre el pecho.

Y en esto llamaron a su puerta.

—Señorita, señorita..., tenga.

Y le dieron una carta.

—¡Cosa más sorprendente!...

La sirvienta se quedó allí, mirándola con rara curiosidad, y la joven, asombrada, preguntó:

—¿De quién es?

—Del señorito Fernando; me la dio para usted antes
de marcharse.

—Pero ¿se ha marchado?

—Y bien de madrugada...; tomó el primer tren.

Carmen se apoyó en el borde de su cama deshecha
y tibia, y con las bellas manos temblorosas abrió la
carta.

Leyó con ojos de sonámbula, desmesurados y turbios:

«Carmencita, niña santa y hermosa, que me has querido en la hora más grata de mi vida: Te digo adiós

con mucha prisa y con mucha pena: con prisa, porque
debo separarme de ti cuanto antes; soy malo y temo
hacerte mucho mal...; con pena, porque me duele ,el
corazón al dejarte... Sólo tengo una cosa buena: que
me conozco. Esta única virtud la pongo humildemente
a tu servicio, por encima de mis tentaciones y de mis
ansias...

»Olvídame: hazte cuenta de que nuestro barco de
novios ha naufragado y tú te salvaste pura y sana, en
la playa del olvido... Si hoy te hago sufrir un poco,
perdóname pensando que he tenido lástima de ti y me
trato sin compasión al decirte adiós...

FERNANDO.»

La niña de Luzmela alzó los ojos de la carta y
paseó por el cuarto una sonrisa estúpida, que fue a
posarse como una mariposa atontada sobre el Niño
Jesús lastimado, erguido en su rinconera.

Se quedó Carmen mirándole como si nunca le hubiera visto...; ¡qué feo estaba y qué ajada la ropa!
Pero ¿adónde miraba ahora el Niño Jesús?... No se
sabía... ¿Hacia la ventana?... No... ¿Hacia la puerta?...
Sí; hacia la puerta... ¿A ver?

Carmen volvió la cara, y allí estaba todavía la criada, boquiabierta, haciéndose la remolona, con una
mano en el picaporte y otra en la cintura, como si es-
perase algún recado... La señorita la miró sin dejar
de sonreir, con una helada expresión que daba espanto, y la moza dijo:

—Conque se despide don Fernandito, ¿eh?

Entonces Carmen, estremecida, agitó maquinalmen-
te la mano que tenía inerte sobre la falda con la carta
abierta, y respondió:

—Sí...

La mozona dio dos pasos dentro de la habitación y confidencialmente relató:

—Estos señoritos son el diablo.. Ya ve: a usted la cortejaba, como quien dice, y lo mismo hacía con Rosa la del Molino.

Carmen movió lentos los labios para decir:

—Rosa...

—Sí; usted *no caerá*... Como usted apenas sale de casa, no conoce a la mocedad de Rucanto... Pues es una, aparente ella, pinturosa de la rama y de mucho empaque...

Carmen volvió a decir, como en un delirio:

—¡Rosa!...

Y al punto oyéronse más lamentables y distintos unos gritos agudos en el fondo de la casa.

La criada salió corriendo por el pasillo adelante, y Carmencita volvió a posar los ojos, errantes y nublados, sobre el Niño Dios de madera.

Ya el Niño no miraba a la puerta... ¿Adónde miraría?...

La muchacha, sumida en la insensatez confusa de sus pensamientos, sintió clavársele en el cerebro aquella curiosidad inexplicable, que le dolía como una punzada violenta.

¿Adónde miraba el Niño Jesús?

Con un andar forzoso y mecánico, se le acercó lentamente.

El Niño no miraba a parte alguna.

Estaba tuerto, estaba herido, estaba triste y despeinado..., con el traje en desorden...

Después de contemplarle un rato en atenta inmovilidad, Carmen se agachó un poco para mirar otra vez su cara en el espejo.

También ella estaba despeinada y triste, con los labios blancos, las ojeras negras, los ojos huraños, el

vestido a medio ceñir... ¡Qué feos estaban el pobre
Niño de madera y la pobre niña de carne!...

Y se sonrió otra vez como una idiota.

Por su puerta entreabierta entró en aquel momento
un agrio rumor semejante al graznido del cárabo.

Todo el cuerpo de Carmencita tembló, y sin dudar
ni un segundo, sin volver la cabeza, despierta a la
realidad de los sucesos, en una brusca sacudida de su
ser, murmuró:

—Es Julio, que ríe.

XVIII

Doña Rebeca se rebullía en su cuarto, con las crenchas blancas tendidas en enredada madeja, con los
brazos secos alzados como las quimas de un árbol marchito que se elevasen imprecatoriamente al cielo pidiendo venganza.

Gesticulaba y maldecía y decía refranes a destajo...

Encima de una silla, con la tapa levantada y el seno
vacío, se estaba muy echada para atrás, y muy burlona, una cajita de hierro, cuyo contenido se había
llevado tranquilamente el joven Fernando, el hijo pre-
dilecto y mimado de la señora. Ella misma le había
dado la llave de la caja diciéndole muy acaramelada
y blandamente:

—No quiero hacerte de menos, hijo; tú eres aquí el
amo; para eso eres el mayor, un hombre de carrera,
tan cabal y buen mozo...

Y el buen mozo tomó para su viaje los fondos de la
familia, todos los ahorros de la renta, destinados a pagar deudas apremiantes, y el «quinto» de Julio, y sala-
rios y obligaciones urgentes de la casa.

En las entrañas de la caja dejó Fernando un billete, que no era, por cierto, de banco, y que decía:

«Tengo que marchar inmediatamente, sin tiempo para despedirme, y llevo este dinero porque lo necesito y porque algo he de disfrutar yo de la herencia de tío Manuel...»

Doña Rebeca, ante la insolencia provocativa de aquella arrasada, se desató en improperios contra el hijo guapo de su corazón, y pensando con terror en el desquite que Narcisa se iba a tomar a costa de aquel despojo, entonó la salmodia estupenda de sus refranes:

—*Al arca abierta, el justo peca... Del enemigo, el consejo... Fíate de la Virgen...*

¡Era todo un puro berrinche la señora de Rucanto!

Narcisa, enterada del suceso, tuvo la más despiadada y cruel sonrisa para la boca abierta de la madre y de la caja, y encogiéndose de hombros comenzó a congratularse de haber acertado en sus pronósticos. Y todos sus ademanes y sus dichos eran una jactancia orgullosa de sibila, una mofa hiriente y sangrienta para la desmelenada señora...

Julio no paró mientes en los gritos de las damas ni en la desaparición de la bolsa, sino en la cartita que la criada, guiñando maliciosa, llevó al cuarto de la novia. Aquel acontecimiento había hecho reir a Julio a carcajadas por primera vez en varios años.

Todo se desquició lúgubremente en la casa de Rucanto desde aquel punto y hora.

Ya no hubo un minuto de paz ni siquiera aparente; ya, sin la blanda influencia de Fernando, se volvió a endurecer la vida áspera y zahareña de aquella gente; ya, sin dinero y con trampas y apuros, volvió la estrechez de los días negros a caer implacable sobre el trágico caserón.

Cuando Andrés se enteró por Narcisa de la hazaña de su hermano, dio de puñetazos a los muebles y de patadas a las puertas, y crujieron maderas y cristales, temblaron las habitaciones y rodaron las blasfemias de una estancia en otra con un eco sacrílego y temerario.

Doña Rebeca, tiritando de miedo ante aquel furor, huyó como alma diablesca por los misteriosos escondrijos de la casona.

En el paroxismo de su ira, oyó Andrés el nombre de Carmencita.

—¿No sabes? —le decía su hermana, serena en medio de aquella borrasca—. *La dejó plantada.*

El bárbaro mozo se calmó de repente, deteniendo el trueno de su voz ante la imagen seductora de la niña.

—¿Dónde está? —preguntó ansioso.

—No sé; ahí, por algún rincón; está muy triste.

—Quiero verla —rugió el monstruo.

Y se puso a buscarla por la casa adelante.

Iba diciendo siempre:

—Quiero verla, ¿dónde está?

Narcisa le contempló con sorpresa primero; después, con gozo; luego, con una crueldad brava y horrible.

Corrió tras él y le dijo con voz opaca, llena de perfidia:

—¿La quieres?... Yo te la buscaré... Te la doy para ti..., te la regalo...

Y los dos se lanzaron a la caza de Carmencita, oteando febriles como dos canes buscones.

No la encontraban.

Andrés se iba impacientando.

Para animarle, Narcisa le sirvió una incendiaria copa de ron. Luego que la hubo apurado de un trago valiente, dijo Andrés:

—¡Otra!...

Y la terrible señorita se la volvió a llenar.

Todavía Andrés presentó la mano extendida, insistiendo:

—¡Más!

Y todavía la hermana volvió a escanciarle.

Siguieron buscando. El mozo, tremulento, daba tumbos y juraba balbuciente; ella se reía y le iba proponiendo:

—Te casas con ella si quieres..., y si no..., no te casas...

Al atravesar la antesala encontraron a doña Rebeca, toda despavorida y angustiada, apretando convulsa un puñado de pesetas.

La contempló Narcisa, ceñuda, como indagando de dónde había sacado *aquello;* pero ella se apresuró a depositar el tesoro en los hondos bolsillos de Andrés, prometiéndole:

—Ya te daré más..., mucho más...

Andrés se olvidó de Carmencita.

Metió su zarpa agresiva en el bolsillo repleto, y haciendo sonar las monedas con demente regocijo, hizo un ademán grosero y ganó la puerta de la calle, meciéndose en balances peligrosos y borbotando desatinos.

Le contempló Narcisa con desprecio olímpico, murmurando:

—Ni para eso me sirve este bruto; pero si no es hoy, será otro día...

XIX

¿Dónde estaba aquella tarde de infames maquinaciones la niña dulce y buena de los ojos garzos?...

No había encontrado ningún regazo suave donde llorar, ningún amable retiro donde consolarse.

Estaba escondida como un delito, oculta como una pena, en el cuartito del sobrado, recostada con fatiga y desaliento en el quicio de la ventanuca.

El gato, espeluznado, la rondaba, mimoso, y ella, lentamente, le pasaba la mano por el lomo.

Ya no estaban los cielos azules, ni los campos verdosos, ni las horas doradas por el sol.

La tarde, cargada de tristezas, subía por el valle con trabajo, luchando con la neblina y con la lluvia. Venteaba, y todos los árboles, deshojados, accionaban con trágicos ademanes, alzando hacia las nubes grises sus brazos desnudos. Gemía la lluvia en incansable lloriqueo, y todo era desolación y acabamiento en el paisaje, lo mismo que en el alma inocente de la niña de los ojos garzos.

Nublados de lágrimas, miraban aquellos ojos hacia el pueblo de Luzmela. Pero Luzmela se había hundido en la espesura sombría de la tarde.

Sólo en algunos momentos, entre la niebla jironada, aparecía austero y lejano el perfil de la torre señorial.

Entonces Carmencita se enjugaba los ojos con presteza y miraba, miraba toda anhelante.

Y aunque ya la niebla se hubiera cerrado, tragándose otra vez la silueta grave de la torre, la muchacha veía siempre a Luzmela, haciendo de la graciosa aldea de sus amores una evocación intensa y fervorosa...

Allí, la iglesia, con su maciza planta de basílica, su puerta de arco de medio punto, sus saeteras y su campanario tosco, rematado por una cruz de piedra...; allí, el caserío breve y blanco, humilde y placentero...; allí, el palacio, con su patriarcal solana, su balconaje de hierro y su escudo nobiliario, y adosada al palacio, señoreándolo y prestándole aspecto de fortaleza, la torre, sobre cuyos labrados dinteles campeaba la piadosa divisa *Credo in unum Deum*. La aldea había tomado su nombre del palacio, que, rodeado de fincas rústicas, extendía sus dominios por la pujante ladera hasta el espeso ansar ribereño del *Salia*. Todo el valle era tributario de la casa noble de Luzmela. El palacio rico y el caserío pobre se confundían en una misma cosa: un cuerpo equilibrado y robusto, regido por el alma piadosa del dueño del solar.

«Allí, en Luzmela, todo era paz y amor —pensaba la niña soñadora—, así como aquí, en Rucanto, todo es odio y venganza.»

Y temió la pobre.

Prestó oído atento... ¿Reñían? ¿La llamaban?... No; estaba muda la casona; Carmen podía seguir soñando.

Soñaba con la mirada desvaída y los labios entreabiertos..., estremecida de frío..., con las mejillas húmedas de llantos.

Preguntaba, desorientado, su corazón:

—Pero ¿quién soy yo? ¿Cómo me llamo yo? ¿Qué hago en esta casa?... Padrino, ¿eres tú mi padre?... Y mi madre, ¿quién es?... ¿Es una madre muy triste que anda por el mundo buscándome?... ¿Era, acaso, una mujer muy blanca, muy bella, que se murió sonriendo?... ¡No sé, no sé quién era mi madre, ni quién mi padre, ni quién yo sea!...

Y de pronto se le iluminó la cara con un fugaz resplandor de alegría, mientras aún su corazoncito soliloquió:

—¡Ah, pero tengo un hermano!... Tengo a Salvador; lo había casi olvidado... Di, Salvador: ¿eres tú hermano mío?... Yo quiero que lo seas..., yo quiero irme contigo, Salvador...

Y se quedó escuchando, como si su amigo fuese a responder, como si fuese a llegar en aquel momento.

Pensaba en él la niña con una dulce seguranza, con un suave y cordial afecto.

Salvador era para ella el recuerdo vivo de su felicidad huida, la personificación de sus bellos años infantiles. Le veía inclinado con afanoso interés sobre el padrino doliente; le veía alegrando siempre la sala silenciosa del palacio con el repique sonoro de sus espuelas y la jovial resonancia de su risa saludable...; le veía amable y servicial con los pobres del contorno, con los criados de la casa; siempre amoroso y complaciente con ella, la hija del misterio, convertida entonces en reina del hogar.

Carmencita se exaltaba en la memoración de aquellas horas apacibles de su vida, de las cuales sólo le quedaba aquel testigo: Salvador.

La barba rubia del médico le recordaba a la niña la de los santos que veía en los altares: era una barba riza y suave, que estaba pidiendo un nimbo celestial para la cabeza serena y dulce de aquel hombre, todo bondad.

Y Carmen, desde la imagen benigna de Salvador, lanzaba su pensamiento vertiginosamente a la imagen seductora y pérfida de Fernando, y se estremecía con temblores angustiosos. Fernando le parecía un sueño delicioso y doloroso que le mordía el corazón. Abría los ojos despavoridos encima de aquella memoria incitante, y no sabía qué cosa le atraía más a la visión tentadora, si era el gozo de amarlo o el quebranto de perderlo.

Y cuando lograba sacudir de encima aquella imagen, con un poderoso arranque de su alma y de su cuerpo volvía a llamar a Salvador en su auxilio; pero sin acordarse nunca de que él era un hombre propenso al amor, con unos ojos sinceros y acariciadores, que la miraban, como interrogándola, como averiguando... No; ella sólo pensaba... «Salvador, ¿eres tú hermano mío?...»

XX

En vano Carmencita hubiera hecho a gritos aquella pregunta desde la tronera de la casona. Salvador no hubiera cruzado el camino al alcance de su voz apesarada. Salvador estaba muy lejos de la paz gimiente del valle y del cantar ronco del *Salia*.

Después de aquel memorable día de Todos los Santos, en que el médico vio a la niña enamorada de otro hombre, midió varias noches los salones solitarios de Luzmela con sus pasos automáticos y sonoros, y se agitó, insomne y nervioso, muchas horas, en el monumental lecho de roble donde don Manuel de la Torre murió sin consuelo.

Y una mañana muy nublada y tormentosa Salvador llamó a Rita y la dijo:

—Esta tarde salgo de viaje.

Rita, que andaba cavilosa leyendo misteriosos motivos en la pena visible del médico, preguntó alarmada:

—¿Adónde, señorito?

—Voy a París, como otros años.

—Pero siempre iba en primavera... ¿Con este tiempo ha de salir de casa?... ¿No oye cómo *suena la nube?*... Habrá temporal... El viento levanta tolvaneras por esos caminos... ¿Tanta prisa tiene por marchar?...

—Prisa tengo, mujer; no puedo esperar ni un solo día.

Rita, convencida de la decisión del joven, interrogó con blandura:

—¿Despidióse de la niña?

Él se volvió a otro lado para responder:

—Ya me despedí.

—¿Y queda contenta?

—Muy contenta...; como nunca.

—¿Está seguro, señorito?

—Segurísimo... Anda, Rita, prepárame el equipaje...; pon lo que te parezca...; poca cosa, una maleta pequeña.

—¿Va entonces por poco tiempo?

—No lo sé todavía...; ya veré.

Y se encerró en su cuarto en un paseo incansable, como de fiera enjaulada.

Rita, sintiendo aquellos pasos violentos que desde hacía días retumbaban en los aposentos callados con isócrono rumor de máquina, movía la cabeza y suspiraba mientras colocaba en una maleta camisas y calcetines y prendas interiores de abrigo.

Por la tarde, ya ensillado el caballo del señorito, próxima la hora del tren, que había de tomar fuera del pueblo, rondaba Rita el cuarto del viajero muy compungida.

Al salir le dio el médico la mano y le dijo, revelando preocupación secreta:

—Si ocurre algo en Rucanto, me escribes o me telegrafías, ya te diré adónde.

Se despidieron.

Toda la servidumbre se asomaba al zaguán; los mozos de las cuadras se hacían los encontradizos en la corralada, y Rita, detrás del señorito, se enjugaba los ojos en silencio. Partió Salvador, diciéndoles a todos con la mano un adiós afectuoso. Llevaba en el semblante extraña expresión de angustia.

XXI

Al siguiente día el transatlántico francés *San Germán,* que zarpaba del puerto de Santander, llevaba sobre cubierta un melancólico pasajero de barba ru-

bia que, desafiando la crudeza de la temperatura y
la desapacibilidad de la tarde, parecía embelesado en
la contemplación de las aguas y de la costa.

Iba pensando aquel pasajero: «Pero ¡qué triste es
el mar, Dios mío, y la tierra qué triste es!»

Se puso entonces a mirar el cielo, y después de una
meditación extática, dijo, más con el corazón que con
los labios: «¡Y el cielo también es triste!...»

Ya de noche, Salvador, que era el pasajero de las
contemplaciones doloridas, apoyado en la borda, escuchaba absorto la respiración sollozante del mar.

La costa se había borrado en la lejanía, y la sombra había caído densa sobre el impetuoso Cantábrico,
envolviendo el barco en el espíritu aterido y misterioso de la noche.

Al lado del joven pensativo resonaron unos pasos
que llevaban el compás gratamente a una linda barcarola.

Salvador volvió la cabeza hacia aquel lado y aguzó
en la oscuridad su mirada.

Vio la talla aventajada de un hombre, y le pareció
a su vez que aquel hombre le miraba con atención.

Y tanto se miraron uno a otro, que dos nombres,
pronunciados con sorpresa, rodaron sobre la cubierta,
entre la monstruosa palpitación del buque, y fueron
a extinguirse en el rumor profundo de las olas.

—¡Salvador!

—¡Fernando!

—¿Adónde vas?

—A El Havre... ¿Y tú?

—Exactamente, chico, al Abra de la Gracia, que di-
ríamos los españoles traduciendo... Pero ¡qué encuentro más original!... Yo te hacía en Luzmela.

—Y yo a ti en Rucanto.

—Mi viaje ha sido imprevisto.

—El mío también.

—Asuntos profesionales, ¿eh?; empeños arduos y piadosos de ciencia y humanidad, ¿no?

—Sí..., cosas de humanidad...; y a ti, ¿qué te trae por estos mares?

—¡Ah!, cosas triviales, sin importancia, amigo. A mí cualquier viento me hace girar como una veleta... Las velas de *este* navío se hinchan con todas las brisas que pasan.

Estaba Fernando tan risueño y gentil como de costumbre, tan dueño de la situación como solía estarlo.

Salvador, en cambio, tenía conmovido todo el cuerpo a impulsos de toda el alma. Barajaba con loca precipitación el viaje sorprendente del marino con el enamoramiento de Carmen, y en su espíritu se hacía una noche tan cerrada como aquella que envolvía a los dos mozos sobre la cubierta oscilante del *San Germán*.

Por un momento tuvo el médico la desatinada idea de suponer que el marino llevaba a la muchacha en su compañía; pasó como un rayo por su imaginación febril la posible realización de un rapto o de una fuga, y mirando a su rival a un paso de distancia, le preguntó con insensato afán:

—¿Y Carmen?

Esta pregunta, así, aislada y ansiosa, podía haber sido una revelación para Fernando, pero no fue sino un motivo de dulce sonrisa, y contestó apacible:

—Pues tan buena y tan bonita.

Como si Salvador hubiera querido preguntarle únicamente: ¿Qué tal dejaste a la novia?

Aguijoneado por la impaciencia, y sin saber ya lo que decía, añadió el médico:

—Habrá sentido mucho tu partida.

El otro, con ínfulas de filósofo, puso otra sonrisa benévola sobre estas palabras:

—¿Mucho?... Las niñas de dieciocho años nunca
sienten mucho, por muy románticas que sean.

—¿Es ella romántica?

—Todas las buenas lo son.

Salvador, asombrado, dijo:

—Sí, ¿eh?

—Pues claro, hombre; la bondad de las mujeres es
puro romanticismo. Yo conozco mucho el género: las
mujeres son mi flaco...; lo tengo en la masa de la
sangre, chico; ya ves: mi padre..., mis abuelos...,
mi tío...

Salvador callaba, mirando a Fernando de hito en
hito con ardiente ansiedad.

El marino, con los ojos vagamente perdidos en el
misterio del mar, siguió contando:

—Pues sí; es romántica y tentadora la niña de Luzmela...; te confieso que hasta se me pasó por la cabeza casarme con ella, y hasta se lo propuse en una
divina hora de debilidad amorosa... Tuve su alma en
mis manos, una almita dulce y santa, llena de atracti-
vos...; fui romántico yo también, adorando a aquel ángel que vive en mi casa por un crimen de lesa humanidad. La misericordia y la simpatía me fueron me-
tiendo a Carmen en el corazón; luego ella, con una
adorable ingenuidad, hizo el resto, y llegué a sentirme
apasionado por mi prima..., porque es mi prima, se lo
he conocido en lo ardiente de la mirada, ¿sabes?

Salvador dijo que sí con la cabeza.

Y Fernando interrumpió su relato para interrogar:

—¿No estaríamos mejor en el salón de fumar? Aquí
hace mucho frío.

—Vamos adonde quieras.

Se cogió el marino del brazo del médico y se hun-
dieron ambos en la breve puertecilla de la cámara.

Dentro del fumador se sentía más intenso y trepidante el resuello del buque, y quedaba confusa y apagada la voz grave del mar.

Sentados en las blandas almohadillas de un diván, los dos amigos encendieron sus cigarros en silencio, y luego el marino, sin petulancia, con una sinceridad admirable, reanudó su relato:

—Pues Carmencita me quería, chico; ¡vaya una tentación! Pero yo no soy malo del todo, Salvador; yo soy lo mejorcito de la familia, ¿sabes?, y me dije: Yo a esta chiquilla la hago desgraciada si me quedo aquí...; yo pierdo a esta niña, porque, en el más honrado de los casos, casándome con ella la pierdo...: ¡valiente marido haría yo, prendado cada semana de una moza del contorno!... ¿No sabes tú que yo me enamoro todas las semanas?... Pues sí, hijo, no lo puedo remediar... Ya ves: amando a Carmencita por todo lo alto, me amartelé con Rosa la del Molino... ¿La conoces?

Salvador hizo otro signo de asentimiento.

—Bueno; pues no me negarás que es una mujer con *todas las agravantes,* una *superhembra* con una *arboladura* y un *calado...;* vamos, te digo ¡que la mar y los peces de colores!...

Y Fernando dio una larga chupada a su cigarro, lanzó el humo leve al techo artesonado del saloncito y se quedó mudo y sonriente, como en la grata contemplación de una gaya imagen.

Después de un éxtasis breve y dulce, suspiró y dijo:

—No quise yo meterme en líos allí, a la vera de mi casa; bastantes escándalos hemos dado en el pueblo los señores de aquel solar... ¡Luego, Carmencita!... Aquél era para mí otro cuidado más fino, otra mira más noble, Salvador...; me asusté al pensar que podía hacerla llorar y sufrir toda la vida, y tuve el valor de renunciar al divino manjar de su cariño. Yo me conozco; muchas veces me he juzgado ya enamorado

de veras, y me he equivocado siempre. En materia de
amores parece que pesa sobre mí la maldición del ju-
dío. ¡Voy errante a través de las mujeres, y en ninguna me puedo detener!... He engañado a muchas,
¡a muchas!..., porque yo tengo partido, ¿sabes?..., yo
tengo labia... y hasta parezco listo; hombre, ¿no te
da risa?...

¡Vaya si al médico le daba risa!...

Siguió su cuento Fernando:

—Pero ¿a Carmencita la había yo de engañar?...
¡Vamos, hombre, de eso no es capaz este cura!... Ya
te he dicho que yo no soy siempre malo...

¡Qué había de serlo! A Salvador le estaba parecien-
do un ángel del paraíso.

El marino se volvió hacia su amigo para preguntarle alegremente:

—Pero ¿no dices nada? ¿Qué te sucede?

—Estoy pensando en todas esas cosas que me cuentas; son muy interesantes.

Y para disimular un poco su ensimismamiento,
añadió:

—Conque tú, ahora, a El Havre.

—Sí, hijo mío, camino de París. Voy a divertirme
un poco antes de volver a navegar. Las francesas...,
¡oh las francesas!... Las puras mieles, Salvador; ya
las conoces...

—Sí, ya las conozco —murmuró el médico. Y dijo
de pronto a Fernando: —Pero tú no eres de mi cuer-
da; no te divierten mis aventuras ni te enardecen mis
proyectos... Para ti la mujer es una cliente, un caso
patológico... Ya sé que eres un San Antonio sin tentaciones... Apuesto a que no has reparado en Rosa
la del Molino ni en la propia Carmencita; y mira,
ésa es para ti que ni pintada... ¿Por qué no la pre-
tendes?

Desemblantado y confuso, contestó Salvador:

—No me querría...

—¿Cómo que no? Deja a un lado la modestia, hombre; tú no eres *costal de paja;* un mozo de carrera y de fortuna, de reputación y de prestigio; ¡pues ahí es nada! Eres digno de ella, Salvador; seríais una primorosa pareja; y luego, chico, sacabas un alma del purgatorio, porque te confieso que la niña de Luzmela lo pasa muy mal con mi gente..., pero muy mal..., como lo oyes. Yo no sé su tutor qué hace ni acabo de entender ese lío del testamento de su padre; pero creo que alguien tendrá obligación de mirar por esa criatura, y esa obligación no se cumple... Mira: hay en mi casa para ella hasta el peligro bárbaro de Andrés, ¿sabes?... Andrés la mira con buenos ojos..., es decir, con los malos ojos turnios que tiene y que no delatan ni una sola intención derecha. Luego, mi hermana la tiene una envidia feroz..., y mi madre..., yo no debía hablar mal de mi madre, ¿verdad?, pues sólo te diré que ella no está en su sano juicio. He hecho por Carmencita cuanto he podido. Mientras estuve allí la defendí contra todos y le proporcioné algunas alegrías... Ahora tal vez ha llorado un poco por mi causa; no acierto nunca a hacer las cosas con perfección; pero te aseguro, Salvador, que me he portado con ella todo lo mejor que he podido...; ¡como que estoy contento y orgulloso!... Choca esos cinco, hombre...

Salvador chocó no *los cinco,* sino *los diez,* tendiendo las dos manos al marino con muda gratitud.

Había atendido a la última parte de aquella franca confidencia con una inquietante perplejidad, sumiéndose en temores agrios y mordientes, con la conciencia alterada por la zozobra cruel de haber abandonado a Carmen en medio de los peligros siniestros de la casona de Rucanto. Hubiera querido unas alas para tenderlas hacia aquella niña querida que lo era todo para él en el mundo.

Tuvo que hacerse una dura violencia y seguir departiendo con su amigo sobre aquel inesperado viaje de los dos.

Afortunadamente, Fernando hizo el gasto de la conversación, y con su peculiar desenfado fue refiriendo jovialmente todas las fases de su escapatoria, sin omitir aquella de la desahogada caricia hecha por su mano a la cajita de hierro.

Con acento un poco cínico, comentarió, riéndose:

—Está mal hecho..., ya lo sé, ¡qué demonio!; pero yo necesitaba salir de Rucanto a escape, sin despedidas ni explicaciones; me hacía falta dinero, y ya, de coger algo, cogí todo lo que había...; ¡que se arreglen como puedan!... Venía yo de muy mal humor...; sacrificarse duele, hombre; hace mala sangre y pone la vida oscura. Yo pensé: llevando *guita* abundante, puedo distraerme un poco..., olvidaré sin dolor a la niña de Luzmela y a Rosa la del Molino...; ¿y no es también de justicia que yo pruebe el dinero de tío Manuel?

—Claro que sí —dijo Salvador, distraído.

—Pues aquí me tienes, médico, caminito de París...; ¿y tú?

Salvador, vacilante, repuso:

—Probablemente también iré a París; pero por de pronto me detendré en El Havre unos días. ¿Tú vas derecho a la capital?

—A toda prisa, hijo; me interesa poco el gran puerto que los revolucionarios llamaron Havre-Marat...

Ya crecida la noche, se despidieron Salvador y Fernando en el charolado pasadizo de sus camarotes; pero el médico, apenas soportados unos minutos dentro de la minúscula pieza, se aventuró de nuevo por

los intrincados corredores de la cámara y ganó la
cubierta, presuroso y anhelante, con paso de fantas-
ma, sin alzar ningún ruido bajo la suela de goma de
sus zapatos marineros.

Un desasosiego punzante le empujaba a moverse y
a levantar sus ojos en callada consulta hacia el cielo.

Estaba toda la luz estelar presa en la extrema cerrazón de la noche, y en vano Salvador trataba de
avizorar, con atónita mirada, el secreto sagrado de la
altura. Su alma, serena y apacible en las corrientes
diarias de la vida, se sentía en aquella hora tribulada
con honda ansiedad.

Avaro de vivir para sus esperanzas, suponía que la
muerte le acechaba, volando astuta en el seno del
abismo, y a cada vuelta estridulante de la hélice se
acongojaba pensando cómo la fatalidad le alejaba del
rincón de su valle, donde la mujer de sus amores padecía y lloraba, tal vez llamándole, atormentada y perseguida... Un pesimismo desesperante le hacía escuchar un eco de naufragio y agonía, y prestando atento
el oído con demente zozobra, percibía distinta y tré-
pida una voz de desgracia que nacía en el fondo de
las olas y culebreaba entre la madeja de los mástiles
hasta extinguirse como un suspiro en la sombra infinita de la noche...

No sabía de cierto Salvador si era aquélla la voz
querellosa y tímida de su amada o un hálito de misteriosa tragedia que iba a perderse a un desierto
playal en las alas negras del viento...

Escuchaba y temblaba y tenía llenos de lágrimas los
ojos interrogadores, donde fulgía una varonil expresión enamorada y ferviente...

TERCERA PARTE

I

Carmencita tendía desolada sus manos en las tinieblas, a tientas en su senda, otra vez nublada por densa nube.

Así andando, despavorida entre la sombra, llegó a la parroquia de la aldea, y se arrodilló delante de un confesonario.

Dijo sus dolores al padre cura, y el buen señor, compadecido, le dio unos consejos llenos de santa intención, y le dio también un librito de letra diminuta, escrito por un tal Kempis.

Al dárselo, díjole el sacerdote con sentenciosa convicción:

—Lo abrirás *a bulto* y leerás todos los días los renglones que la Providencia te ponga delante de los ojos...: ésa es la fija...; así Dios te adivinará las necesidades diarias de tu vida y te dará paz y consuelo.

Obedeció sumisa la muchacha, y de hinojos, abatida y suspirante, leyó el primer día:

«Muchas veces por falta de espíritu se queja el cuerpo miserable. Ruega, pues, con humildad al Señor que te dé espíritu de contrición y di con el profeta: *Dadme, Señor, a comer el pan de mis lágrimas y a beber con abundancia el agua de mis lloros...*»

Aquella tarde fue Rita a Rucanto, impaciente por ver a su niña y saber si era cierto que estaba tan contenta como el médico había dicho.

Encontró abierta la casa y a su llamada nadie respondía.

Fue subiendo la escalera lentamente y se deslizó un poco azarada por los pasillos.

Un silencio temeroso le salió al paso, y ya iba a retroceder asustada cuando oyó unos quejidos lastimeros detrás de una puertecilla.

Eran ayes y juramentos de una voz estridente y amarga.

Empujó Rita la puerta con recelo, cautelosamente, y vio en un cuarto hondo y destartalado una cama estremecida por un cuerpo tremuloso.

Sobre la almohada, de limpieza equívoca, se balanceaba una cabeza parda y amarillenta, un rostro en el cual refulgían las llamas diabólicas de unos ojos... Aquel enfermo era el que gemía con acento maldiciente y desatinado.

Iba Rita a entornar la puerta, llena de pavor, cuando vio a los pies del lecho alzarse una figura delicada y gentil que avanzaba hacia ella con los brazos abiertos, y a poco tuvo a Carmen acariciada sobre su corazón viejo y bondadoso. Salieron las dos por el corredor adelante, y la anciana iba preguntando atónita:

—Pero ¿qué tiene Julio?

—No sé —dijo la mansa voz de Carmencita—; ya oyes cómo se queja; está muy malo del cuerpo, sin duda..., y el alma..., ya ves cómo la tiene: sólo salen de ella palabras horribles...

—¿Y por qué estás tú con él?

—Porque le tengo compasión...: nadie le quiere ni le cuida...

—¿Y ellas?

—Están muy enojadas...; no tienen dinero...

—Me dijeron que el marino se había marchado.

Carmen, con la voz vacilante y el semblante muy blanco, dijo:

—Sí.

—¿Y es cierto que se llevó los cuartos?

—Dicen eso...; yo no lo sé...

Desconocía Rita la página amorosa de Carmen, rápida y casi secreta, y observando con inquietud la turbación de la joven continuó:

—Parece que andaba liado con Rosa la del Molino...

Se quedó callada la niña, mirando con mucha insistencia al ruedo de su vestido.

Habían llegado a su cuarto, y sentadas en las dos únicas sillas del aposento hablaron de Salvador.

Carmen, que ya tenía noticias de su partida, se maravilló de que no hubiera ido a despedirse de ella.

Entonces se quedó Rita muy asombrada, y descubrió por primera vez una mentira del señorito.

«Aquí hay gato encerrado», pensó, y trató de obtener de la muchacha alguna luz para alumbrar aquel misterio.

Pero ella habló de Salvador con grato afecto, sin revelar ninguna cosa extraña.

Rita hizo girar por el cuarto sus ojos de présbita, curiosos y esforzados, y se condolió:

—Hija, qué habitación tan *ruina* tienes...; ¿no hay otra mejor para ti?

—Yo escogí ésta; aquí estoy bien.

—No te criaste así, que tenías en tu cama colgaduras de damasco, y en tu gabinete, sitiales de tisú y mesas con mármoles...

Carmencita tendió por su rostro una sonrisa llena de lágrimas.

La vieja, angustiada, le acarició las manos, y al punto exclamó:

—¡Qué frío tienes!... ¿No llevas bastante abrigo? ¿Estás tú también enferma?

La acogió en su regazo como para darle calor, y comenzó a besarla.

Carmen rompió a llorar con espasmo anhelante. A Rita le resbalaban por las arrugas de las mejillas unos lagrimones como puños, y con hipo de sollozos le decía a la niña:

—Salvador vendrá en seguida; te llevaremos a Luzmela...; no llores, santa mía; no llores, paloma.

Pero Carmen se repuso valerosa, enjugó su llanto con mano firme, alzó la frente y dijo con serenidad:

—¿Para qué ir a Luzmela, si aquí también está Dios?... Mira, allí tengo mi Niño Jesús...; vino una sombra una noche y me lo puso feo; pero es Dios..., tiene el vestido sucio y el pelo enmarañado...; pero es Dios...

La anciana sirvienta repuso atontecida:

—Niña, Dios no tiene la cara fea ni la ropa sucia...; ¿qué disparates cuentas?

Y levantándose fuese a mirar la imagen sostenida en la rinconera.

—¡Ave María! —murmuró—. Vaya un santo...; ¡si parece un *enemigo!*... ¿Y qué sombra le puso así?

—La de Julio...

—¡Válgame Cristo! Tú vives entre herejes... ¿Y cuándo dices que fue eso, hijuca?

—Una noche...

Y la muchacha se quedó muda, obsesa en un pensamiento, llena la cara de una tristeza remota. Tenía cruzadas sobre la falda, con indolencia, las manos frías y pálidas, y miraba a Rita con expresión apagada, con una sonrisa mustia que causaba dolor...

Contemplándola la buena mujer, sintióse más alarmada y condolida, y corrió a decirle:

—Tú no estás bien aquí... Tú te vendrás *con nosotros;* es preciso cuidarte y alegrarte. En esta casa no tienes bienestar ni cariño... Yo creo que hasta padeces frío y hambre y sed...

La niña se levantó a la vez de la silla, fuese a la rinconera donde estaba el santo y tomó de ella un librito que tenía por registro la hoja seca de una flor. Desplegó aquella página señalada, y con voz lenta y dulce leyó a la asombrada mujer:

«Dadme, Señor, a comer el pan de mis lágrimas, y a beber con abundancia el agua de mis flores...»

Después añadió:

—Ésta es mi oración de este día...; ¿cómo puedes suponer que yo tenga hambre y sed, puesto que tengo lágrimas abundantes?...

Un poco más tarde volvía Rita hacia Luzmela, sola y acongojada, repitiendo:

—Está poseída..., está poseída ella también, lo mismo que su padre... ¡Dios lo remedie!...

II

Había pisado Salvador la tierra de Francia con un impetuoso deseo de atravesarla a escape en busca otra vez de la tierra española.

Dejó partir a Fernando solo, porque trataba de ocultarle su repentino regreso, y en el muelle se despidieron con un abrazo cordial.

Iba Fernando a buscar el primer tren que saliera para París. Salvador quedaba esperando que aquel tren partiera para tomar el inmediato en la misma dirección. Cuando ya los dos amigos se habían separado, el marino se volvió de pronto para decir, jovial y sonriente, con su voz pastosa, suave como el terciopelo:

—Oye: cuando vuelvas al valle llevas de mi parte *esto*.

Y lanzó al aire dos besos sonoros en la punta de los dedos, añadiendo:

—Uno para Rosa la del Molino y otro para la niña de Luzmela...

Fulguró el médico sobre Fernando una mirada iracunda, apagada sobre la radiante sonrisa que iluminó toda la figura donjuanesca y marcial del marino...

Y los dos, amistosamente, se dijeron adiós con la mano por última vez.

Salvador paseó unas cuantas calles del gran puerto francés con aquel paso automático y febril con que había medido en Luzmela las estancias mudas del palacio.

Parado delante de la Bolsa, se puso a contar las cúpulas del edificio con obstinado empeño: una..., dos..., tres..., cuatro..., hasta seis, y se alejó, repitiendo mentalmente: *seis cúpulas, seis cúpulas*... Siguió caminando a toda prisa, y en la plaza de Gambetta se encaró con las estatuas de Bernardín de Saint-Pierre y de Delavigne, como si les fuese a echar un discurso. Después de una larga contemplación les volvió la espalda con sumo desdén y se puso a liar un cigarrillo.

En seguida echó a correr a la estación, sin acordarse que no había comido en muchas horas ni de que sentía en el estómago el agudo malestar del hambre.

Tomó el tren y rodó por Francia como una masa inerte, con todas las sensaciones dormidas bajo el deseo único de tener alas o de suplirlas con una des-

enfrenada carrera que le llevase en un vuelo inaudito
a la casa temible de Rucanto.

Pasó como un relámpago por París.

El espectáculo, apenas entrevisto, de la gran capital
le dio aquella vez la impresión de una inmensa sonrisa fría y galante; tal vez la sonrisa de Fernando diciéndole:

—Este beso para la niña de Luzmela...

Atravesó Versalles, la de los jardines de ensueño,
cuna de reyes, de amores y de escándalos... Salvador
no estaba muy enterado de estos lances de historia
cortesana; conocía vagamente un poco de toda ella,
y apenas si aquellas memorias se asomaron un minuto a la niebla de sus pensamientos. Él sabía de cierto
únicamente su ciencia de médico y su amor de hombre..., su amor sobre todo.

Estaba seguro de adorar a Carmen con ciega pasión, y no le importaba cómo ni cuándo de un cariño
fraternal y suave había brotado aquel hondo y vehe-
mente amor. No hacía tampoco averiguaciones sobre
este punto; ¿acaso los males del alma debían anali-
zarse *científicamente*, como los males del cuerpo? No;
Salvador no trataba de escudriñar aquella sagrada
dolencia que atormentaba su espíritu con dulcísimo
amargor; dejaba su pasión quieta, clavada en su vida
como un dardo de fuego, única y decisiva en su destino. Le bastaba sentirla luminosa en su conciencia,
ardiente y pura en su corazón.

Atravesó como un sueño Chartres, Nort, Burdeos,
Bayona... Empezó a respirar por fin el *aire interna-
cional* de los Pirineos y se dilató su pecho con un
aliento profundo de esperanza.

Llegando a España, recorrió con toda la rapidez posible la tierra que le llevaba a su valle norteño.

Cuando se sintió cobijado por las montañas y los
celajes de su país, tuvo a la vez una viva emoción
de temor y de alegría. Fuese a rendir su viaje a la
estación de Rucanto y sin detenerse un punto se dirigió
a la casa de doña Rebeca.

Al hacer sonar el recio aldabón de la portada se
quedó asombrado y trémulo. ¿Qué iba a decir? ¿Por
quién preguntaría? ¿Cómo estaba él allí, anhelante
y resuelto, rendido de rodar por mares y tierras con
desatinado afán?... ¿Con qué derecho llamaba en aquella puerta con aire tan firme y arrogante?...

No tuvo tiempo de más cavilaciones, porque giró
ante él la hoja enorme, pintada de rojo, bajo el dintel
labrado, y la propia Carmencita se apareció a sus
ojos, siempre dulce y grave.

Mirándole despacio clamó absorta:

—¡Salvador!

Él, mudo, fascinado, le abrió los brazos con tan férvida expresión de ternura que la muchacha se refu-
gió en ellos ansiosamente y en ellos se quedó largo
rato: ¡un instante para el enamorado galán!...

Bajo los arcos abiertos del portalón se sentaron en
un banco de roble algo cojo.

Carmencita manifestó la sorpresa que le causaba
aquel regreso, tan imprevisto por ella como lo fue la
partida de su amigo: le encontraba el semblante des-
encajado y todo el aspecto de fatiga y ansiedad.

Él miraba con sobresalto la desalentada expresión
de la joven, su blancura enfermiza de lirio y el opaco
fulgor de sus ojos.

Con voz de secreto le decía:

—Vengo a buscarte.

Contestó Carmen, muy sorprendida:

—¿Cómo a buscarme?

—Sí, acordemos en seguida un medio de que salgas de aquí.

—Pero... ¿por qué, Salvador?

—¿Y todavía me preguntas por qué?... Yo sé que aquí estás muy mal; que sufres mucho...; que corres graves peligros...

—¿Quién te ha dicho eso?

Él, mirándola santamente, como cuando era chiquitina, le respondió:

—Un pajarito...; ¿digo verdad?...

Y se quedó pensando: «¿No es acaso Fernando *un pajarito*?...»

Pero ella movía la cabeza y replicaba:

—Algo de mentira dijo... Además, que estoy cumpliendo la voluntad de Dios.

—La voluntad de Dios es que yo vele por tu seguridad y por tu dicha.

—¿Por mi dicha? —interrogó, incrédula, Carmen.

—Sí; vengo a librarte de los suplicios que aquí padeces; pero es preciso que tú consientas en ello... ¿No consientes?

Ella, con lento ademán, sacó del bolsillo su breviario diminuto, y desdoblando la hoja que aquel día estaba señalada por la flor marchita, leyó con voz de rezo, un poco temblorosa:

«El mundo pasa y sus deleites... Y así, el que se aparte de sus amigos y conocidos y consigue que se le acerquen Dios y sus santos ángeles... Gran cosa es decir en obediencia, vivir debajo de un superior y no tener voluntad propia...»

Plegó Carmen el libro y quedóse muda, mirando a Salvador.

Él, todo alarmado, lleno de sorpresa, preguntó:

—¿Y qué es *eso*?

—Esto es la oración que tengo hoy que rezar; esto es lo que Dios me manda hacer...

—¿Dios te manda estar supeditada toda la vida a doña Rebeca?

—Sí...

—¿Y también al bárbaro de Andrés?

Carmen, inmutada, dijo:

—A ése, no.

—Pues él es aquí el amo...

—Pocas veces está en casa...

—Con una sola vez que venga y quiera *mandar en ti...*

Ella se asió con terror del brazo de su amigo.

—No, por Dios...; no digas eso...

—Es mi deber decírtelo...; ¿quién te dio ese libro?

—El padre cura...

—¿A ver?... Yo también quiero buscar una oración para mí.

Y tomando Salvador el libro, abriólo al azar y leyó:

«Si me oyeres y siguieres mi voz, podrás gozar de mucha paz... Mi paz está libre entre los humildes y mansos de corazón...»

Doblando el libro, dijo a Carmen:

—Ya ves: mi oración es más consoladora que la tuya; tómala para ti y medita si tienes en esta casa la paz de Dios, la santa paz que Él vino a traer a los hombres, y si vives entre mansos y humildes de corazón...

Carmen, agitada, combatida, inclinaba la frente y tenía en los ojos, profundos y tristes, una llama de incertidumbre.

Se sintió arriba crujir el tillado, y un pasito rápido y breve se oyó en la escalera.

Salvador le dijo a la niña con acento de súplica y de mando:

—Te libertaré; vendré por ti muy pronto; espérame
y ten ánimos...

La estrechó la mano con afán, y ella, callada y distraída, le presentó la frente. Puso el médico en aquella
carne virginal el ascua de sus labios, y salvó los um-
brales de la portalada antes que doña Rebeca se pre-
sentase en el portal...

III

Rodó un coche dando tumbos por la áspera cambera
lindante con la casona, y en las habitaciones de las
mismas hubo un revuelo de faldas y un atisbo fisgón
a la vera de los balcones.

Llamaron en la puerta roja dos golpes secos y vi-
brantes, tan solemnes que parecían decir, como en las
actuaciones judiciales:

—Abrid, en nombre de la ley...

A doña Rebeca le temblaron los pellejos a falta de
otra cosa, y la poca carne con que Narcisa contaba
para adorno de su persona se puso toda de gallina,
muy áspera y granujienta; Julio se revolvió en la cama
hostil y quejoso, y la niña de Luzmela se sintió poseída de una vaga inquietud.

Después de carreras, exclamaciones y cabildeos,
bajó la criada a abrir la puerta y subió al punto diciendo:

—Que aquí está el tutor de la señorita Carmen.

La señora de la casa, tan expavecida como si le hubieran dicho: «Dése usted presa», contestó con un
leve esbozo de sonrisa:

—Que pase..., que pase...

Repicaron pausadamente unas botas por el pasillo
y entró en la sala, sombrero en mano, vestido de ne-

gro, con rostro afable, algo impasible, el señor don
Rodrigo Calderón, solariego del cercano valle del
Nidal.

Con acento muy frío y muy cortés y lenguaje abierto y conciso, expuso a doña Rebeca el motivo de su
visita.

Le habían asegurado que su pupila, la señorita Carmen, estaba muy mal hallada en compañía de la señora
y maltratada por ésta y por sus hijos...

Por consiguiente, la señora comprendería que era
preciso aclarar aquel asunto cuanto antes y resolver
en consecuencia con enérgica resolución.

Doña Rebeca apenas podía interrogar, disimulando
su despecho y su pánico:

—¿Y quién nos calumnia?... ¿Quién ha dicho?...

—Persona que merece mi confianza; y la señora
hará el favor de llamar a su pupila para que diga en
concreto la verdad.

Salió doña Rebeca como un cohete, y en cuanto
echó a Carmen la vista encima le echó también los
brazos al cuello.

La muchacha, horrorizada, iba a pedir socorro cuando se sintió halagada y besada con besos húmedos y
repugnantes.

La bruja, lagotera y melosa, contaba, lloriqueando:

—Le han dicho a don Rodrigo mal de nosotros, hija
mía; defiéndenos tú, que eres una santa...; sálvanos de
este disgusto tan grande... Ya ves mi situación..., sin
dinero, con un hijo a las puertas de la muerte...

Y besa que te besa, le ponía a Carmencita la cara
hecha una compasión entre gotas de llanto y rezumos
de baba.

Limpiándose las mejillas con su pañuelo, fuese la
muchacha a la sala, llena de zozobra, detrás de doña
Rebeca.

Muy urbano y sereno, don Rodrigo la sometió a un interrogatorio prolijo y grave acerca del trato que recibía y de si convivía gratamente con aquellos señores. Y Carmen, en medio de sus angustias, fue hábil y prudente para mentir poco y disculpar a la gente de la casona, viniendo a declarar, en suma, que era su voluntad seguir viviendo con aquella familia.

Satisfecho el hidalgo, muy correcto y galante, dijo que la señora debía disimular lo desagradable de su visita, pero que era su deber velar por aquella niña, y que se congratulaba de que fuesen infundadas las acusaciones que se le habían hecho... Tal vez un exceso de solicitud..., o alguna mala interpretación, habían dado lugar a aquel *incidente,* que él lamentaba... La señora se haría cargo y perdonaría...

Y como si tuviera mucha prisa se despidió y repicó otra vez delicadamente sus botas por el pasillo.

Salió entonces Narcisa de un escondite con su librote debajo del brazo y en la boca un surtidor de insolencias.

Se encaró con su madre para decirle:

—Todo esto es obra del medicucho ése, de acuerdo con la santita... ¿No te dije que aquella conferencia que tuvieron los dos la otra tarde traería cola?... Todavía vamos a ver aquí una boda entre hermanos... ¡Qué escandalosos!

La señora, atajándola, interrumpió:

—*Tu prima* se ha portado muy bien en esta ocasión... No consiento que la faltes.

Y almibarada y ponderativa tornó a regalar a Carmen con caricias y frases de gratitud.

En seguida salió de la sala, no ya con su paso saltarín de todos los días, sino con una carrera liviana y veloz, una especie de trotecillo fantástico.

Narcisa hizo también *mutis,* como en las comedias, por una puerta lateral, con su novela en la mano y en la sonrisa ática una despectiva expresión.

Quedóse Carmen sola, sentada en el sofá de terciopelo carmesí, muy fofo y deslucido. Sobre la blancura agria de la cal destacaban en las paredes unas láminas cromadas, con marcos de madera un poco apolillados.

En lontananza, una consola sostenía sendos fanales colmados de flores de trapo, incoloras y deformes. El tillo, sin un solo tapiz, combado y lustroso, daba una impresión de frío y ancianidad, como de espalda inclinada y desnuda en un viejo achacoso. Algunas sillas, compañeras del sofá, se replegaban contra los muros con vergonzosa timidez.

Hundida en su asiento, la niña de Luzmela posaba una mirada átona y errante sobre la tristeza helada del salón enorme, y oyó vagamente alzarse en el silencio sepulcral de la casa un tarareo gangoso, seguido de una escala vocal rota y aceda.

Carmen pensó: «Doña Rebeca canta y corre y se ríe... ¡Lo mismo que el padrino!...»

Y cerró los ojos, cansados de mirar realidades y visiones de tragedia...

Entretanto, Salvador, que esperaba a don Rodrigo a la salida del pueblo, escuchaba con desesperación las terminantes explicaciones del caballero, que, un poco impertinente y sagaz, comentariaba su visita insinuando:

—Acaso usted juzga con animosidad a la señora..., acaso siente usted por la señorita un interés excesivo...

Y siguió el coche su camino, tras una afable despedida del caballero, que volvía a encerrarse en su empinado y estrecho valle del Nidal...

En medio de la senda, bajo la luz lívida del atardecer, Salvador, desorientado, inconsolable, murmuraba:

—Padece ella también la terrible psicastenia hereditaria..., es neurópata, con la monomanía del martirio...; está loca..., loca de remate... ¿Y no la podré salvar?

IV

Subía enero su cuesta invernal, desbordado en inclemencias, con los vientos desmelenados y las aguas roncas y turbias, borbollantes fuera de sus cauces rotos... Subía espantoso y fiero, con una nube torva en la frente y las recias abarcas chocleando sobre los lodazales del camino.

En la casona, enero reinaba exterminador, silbando por las innúmeras rendijas de las ventanas; y en la cocina, enorme y abandonada, entraba por la bocaza bruma de la chimenea y se complacía en apagar el rescoldo mezquino del llar, casi cegado por un montón de helada ceniza.

Ya en aquel fogón descascarado no se guisaba en profundas cacerolas ni se trasteaba en continuo ajetreo. No había más que una sirvienta inútil, con quien doña Rebeca reñía de la mañana a la noche; escaseaban las viandas, y apenas si unas ascuas rusientes daban allí una idea remota de hogar.

El cuarto de Carmencita era un páramo. Los escasos muebles parecían perdidos a la sombra de las paredes, en una línea confusa como de horizonte. Por los cristales agujereados entraba el soplo gélido de los huracanes, y la colcha rameada de la camita temblaba estremecida por aquellas ráfagas yertas, que adquirían voz de sortilegio y de amenaza.

Algunos lamentos de aquella voz siniestra, llegándose al rincón del Niño Jesús, le henchían la túnica deshilachada y sin aliño, y le hacían balancearse sobre la rústica peana como en un pánico acunamiento de terremoto. El techo de cal, reblandecido en húmedas manchas, dejaba filtrar al aposento las gotas de la lluvia, recogidas en el suelo por algunos cacharros sin nombre ni forma, ollas extrañas y panzudas de centenaria fecha.

Aquel lento gotear de enero dentro del cuarto tenía un son de quejido y de miseria que laceraba el corazón...

Todo era tedio y dolor en la casona.

Doña Rebeca rebuscaba en armarios, bargueños y arcaces algunos papeles escritos y sellados que parecían importarle mucho. Abría cajones, escudriñaba carpetas, y todo lo revolvía y desparramaba fuera de su sitio. Estas maniobras las acompañaba de paseítos menudos, adagios y murmuraciones. A intervalos reñía con la criada, y otras veces se evaporaba, como por arte de duendería.

Narcisa se había llevado a su aposento las alfombras de la sala y un brasero de cobre, donde, con insolente egoísmo, acaparaba toda la leña combusta del hogar para confortarse y satisfacerse. Había hecho provisión abundante de novelas terribles, y leía a la sazón, con tenacidad salvaje, una con *santos* de colores y un título que decía: *La condesa ensangrentada*... Allí se hacía servir la comida, y, ceñuda y brava, apenas salía de su escondrijo. Un despecho picante y rabioso le mordía el corazón, viendo quebrarse en añicos sus ilusiones de boda con Salvador, y viendo cómo el médico alimentaba, con crecientes demostraciones, el interés que siempre le había inspirado la niña de Luzmela.

Carmen compartía sus horas densas y amargas entre las cavilaciones incoherentes en su cuarto y las calladas esperas a los pies de la cama de Julio.

La primera vez que entró a verle fue una tarde en que el enfermo se estuvo desgañitando en un clamor de angustia: «¡Agua..., agua!», como si tuviera las entrañas adurentes y en el pecho lamentable un volcán encenso.

Todo callaba en torno a la voz implorante, que llegó a hacerse desmayada y balbuciente como la de un niño.

Doña Rebeca y Narcisa se habían sumido en una de sus frecuentes desapariciones, y la criada tampoco aparecía por ninguna parte.

Entonces, Carmencita entró tímidamente en el aposento del mozo, llevando en la mano un vaso de agua de piedad.

La miró Julio, pasmado, en medio de un quejido y bajando los ojos, desde los serenos de la niña hasta la limosna refrigerante del agua, bebió ansioso y dejó de quejarse.

Carmen, llena de misericordia, se sentó callandito cerca de la cama, y allí se estuvo con las manos cruzadas sobre el regazo, con una blanda actitud de meditación y de tristeza.

El enfermo, de tarde en tarde, abría los ojos para mirarla sin encono y sin perfidia, como nunca la había mirado, y desde aquel día, Carmen le cuidaba dulcemente y le hablaba algunas breves frases consoladoras. Él, para contestarle, parecía como si hiciese un esfuerzo, tratando de adulcir la amargura de su voz, y ya nunca volvió a aojarla con expresión satánica de maleficio. Cuando le acometían las crisis tremendas de temblores y ayes, Carmen rezaba suavemente, con el bello semblante compungido, y sobre las palabras

impías del enfermo tendía sus plegarias un callado
vuelo de tórtola, que parecía purificar aquel pesado
ambiente de dolor y de terror...

Había caído la niña de Luzmela en una languidez
insana y penosa.

Todo su cuerpo apabilado se desmadejaba en trágico
abandono. En sus ojos divinos ya no lucían ensueños
ni ilusiones, ni en sus labios había sonrisas gloriosas,
ni aleteaba, en su pensamiento el ave azul de la esperanza.

Se habían apagado todas las luminarias que la dio-
sa juventud encendió triunfante en su corazón enamorado; habían enmudecido para ella todas las promesas del porvenir, y se le habían cerrado todos los
horizontes de sol, todos los caminos de rosas...

De aquel libro pequeño que le dio, condolido, el padre cura, tomaba todos los días unas palabras, y trataba de hacerse con ellas una vida humilde, llena de
evangélica conformidad: pero aquel esfuerzo le dejaba
siempre la boca amarga y el alma trémula y la voz y
los ojos llenos de lágrimas.

Toda envuelta en una melancolía fatal, en una indiferencia morbosa que la iba consumiendo.

Su belleza tomaba un aspecto de ocaso prematuro
que inspiraba compasión.

Abandonado el esmero de su persona, con una ato-
nía enfermiza y dolorosa, parecía una planta afotista
sin flores ni galas.

Y en medio de aquella languidez espiritual y de
aquella debilidad física, el deseo de ser santa ardía en
su corazón con encendimiento tenaz, atormentándolo
con la punzada hiriente de una idea fija.

Era aquélla la única luz que, con parpadeo vacilante, brillaba en su existencia.

V

Pasó un mes lento y sordo, a media luz, con las nubes a ras de la tierra, y llegó marzo alzando un poco la frente sobre las montañas gigantes que ensombrecían la vega.

Cuando marzo llegó, el enfermo de la casona se estaba muriendo. El médico que le asistía solicitaba «una consulta» con acento augural, y doña Rebeca había llamado a Salvador, pensando: «Éste no me cobra nada...»

Entró el señor de Luzmela en el cuarto de Julio, con el alma abierta, un alma que rondaba en infatigable guardia de honor en torno a la niña triste de los ojos garzos. Ella estaba allí, tímida y culpada, ante la mirada elocuente de su amigo. Delante de él se abrían en el corazón de Carmen todas las grietas profundas del dolor, porque aquel corazón atormentado pedía paz y calma y suspiraba por descansar en otro corazón blando y generoso; pero cada día una nueva meditación religiosa traía sobre aquellas ansias su mandato austero y rígido, helado como los soplos invernales que gemían en la casona al través de todas las puertas. Y al sentirse empujada al descanso y a la dulzura, Carmen subía su sacrificada voluntad a la excelsitud del propósito encendido en su alma, y sus labios, plegados en muda queja, musitaban: «Quiero ser santa..., quiero serlo.»

La miraba Salvador aquella tarde sin reproches ni desvíos, adivinando toda la tormenta ruda y callada de aquel inocente espíritu. Una compasión inmensa le dolía en el corazón y le ponía en los ojos un fulgor ardiente de ternura.

Todo el aspecto de la muchacha era una viva lamen-
tación de pena y de trabajo que Carmen finaba lentamente, en un profundo descuido de la vida.

Nada se dijeron al verse en el cuarto de Julio; se
buscaron los ojos, y ella bajó los suyos, cobarde y
sobrecogida.

Después de examinar al enfermo, salieron los dos
médicos a conferenciar a la sala; hablaron de *salicidad*
y de *patomanía,* y se condolieron, con un poco de
amargo desdén, del temperamento proclive y relajado
de aquella familia... En el comedor los esperaba doña
Rebeca, y entonces Carmen se acercó a Salvador como
aguardando algunas palabras amistosas. Pero él sabía que al hablarle le iba a temblar mucho la voz, y se
quedó callado y contemplativo, rimando en una mirada
codiciosa y compasiva todo el poema desesperanzado
de sus amores.

Ella, por quebrar aquel silencio triste entre los dos,
le dijo:

—¿Se muere Julio?

Respondió él únicamente:

—Sí...

—¿Y de qué se muere?

Pensativo y como lastimado por aquel interés de la
muchacha hacia el enfermo, Salvador repuso entre
dientes:

—De... . perversidad.

Carmen bajó hacia el suelo los párpados cargados
con la sombra divina de las pestañas, y murmuró:

—¡Pobre!...

Se quedó luego suspensa, sin alzar los ojos ni la
voz, con los brazos caídos. Parecía más alta, y, en
la luz muriente de la tarde, daba una nota de emoción
dulcísima, una delicada nota de sentimiento pasional...

Doña Rebeca, con mucho aparato de sollozos, se enteraba del próximo fin de su hijo, y pensaba con terror en los gastos del entierro.

Ya los médicos se despedían, andando despacito con la señora a lo largo del corredor, cuando Salvador, vuelto hacia Carmen, que se quedaba sola, le dijo:

—No sentirías tanto mi muerte como la de Julio...

—¡Tu muerte! —exclamó ella.

Pero Salvador ya se alejaba, sin aguardar contestación, y Carmen se volvió al lado del moribundo, pensando en su amigo con agitación extraña, con vago arrepentimiento, mientras que doña Rebeca y su hija se oscurecían hacia un rincón, en amarga disputa...

Ya la muerte había llegado a la alcoba de Julio y se había aposentado encima de la cama. Estaba sola con su víctima, y Carmen la saludó muy cortésmente, haciéndose sobre las sienes la señal de la cruz.

Aunque la niña no conocía a la vieja de la guadaña, al punto que entró en el aposento *la sintió* y dijo:

—Ya está aquí.

No creyó ella que llegase tan pronto, y pensó un momento en avisar a la familia del agonizante; pero en seguida se acogió a la dulce idea de procurar que fuese apacible aquella última hora del infeliz peregrino, y que no le amedrentasen los gritos desatinados de las señoras de la casa.

Quedóse mirando con respeto la figura triste de aquel hombre, detenido por la muerte en la más lozana senda de la vida, y recordó una elocuente oración de su libro, que rezaba:

«¡Oh día clarísimo de la eternidad que no lo oscurece la noche, sino que siempre lo alumbra la suma verdad: día siempre alegre, siempre seguro y sin mudanza!... ¡Oh, si ya amaneciese este día y se acabasen todas estas cosas temporales!...»

Carmen se sumergió en la mística contemplación de *aquel día,* y le pareció que se le iba acercando con una amaneciente claridad, espesa y húmeda como vaho de lágrimas. Sintió un dolor lancinante en el corazón y otro en la cabeza, y pensó: «¿También yo tendré, como el padrino, rota una cosa en la frente y otra en el pecho?...»

Las escenas lejanas de la muerte del de Luzmela se le aparecieron en una confusión tenebrosa, y se quedó mirándolas con los ojos abiertos y parados sobre la vidriera plegada del balcón.

Creyó sentir entonces que una cosa dura golpeaba los cristales con siniestro aleteo... ¿Si sería la *nétigua?*

Se acercó a observar, andando de puntillas con infantil sigilo. No era la *nétigua.*

Sobre las nubes grises ningún ave tendía las alas. Había una infinita melancolía de desierto en la mansedumbre apacible del atardecer.

Se apagaba el día en una quietud, en una soledad como de tumba sin flores ni plegarias.

El cielo, bajo, inmóvil, deslucido, daba la impresión indecisa de un alma sin anhelos, de un corazón sin latidos.

Y encima de un cristal, un listón desprendido de la cornisa golpeaba lento cuando lo estremecía, al pasar, una brisa sin rumores que bajaba de la montaña...

Carmen, suspirando, se sentó en el borde del lecho al lado de *la intrusa,* y se puso a rezar por el alma del agonizante.

Ya Julio no se quejaba. Había caído en prolongado estado comatoso, y rígido, yerto, se acercaba al día *siempre seguro y sin mudanza* de la eternidad.

Moría sin fatiga ni dolor, como en un dulce descanso de aquella enfermedad misteriosa y horrible que había sido toda ella un estertor violento y una fatal agonía. Tenía los ojos entoldados por la nube fatídica del *no ser,* y la boca, seca y dura, abierta en una mueca desgarrante. El delirio espantoso que padeció en los últimos días impidió que se le administrasen los Sacramentos, salvaguardia de las sagradas promesas de salvación. Un sacerdote había llegado aquella tarde con los Santos Óleos, y luego de haber ungido al moribundo se había marchado entristecido de no poder decirle cosa alguna a la pobre alma viajera.

Sólo Carmen hablaba con la fugitiva en un monólogo de férvida compasión. Le decía, sin voz, en secreto de inefable gracia: «¿Por qué has dado tantos gritos malos, alma de Julio?... ¿Por qué has dicho tantos pecados y tantas palabras feas?... ¿Por qué te has asomado a mirarme con odio, y por qué me has amenazado y me has perseguido?... ¿Por qué, di, maltrataste a mi Niño Jesús aquella noche?...» Todavía iba a preguntar: «¿Por qué te reíste como un demonio cuando Fernando me engañó?»

Pero sin hacer aquella última interrogación, se levantó solícita y atenta, porque había crujido la hoja del jergón bajo el cuerpo trémulo del agonizante.

Carmen, poseída de piedad, comenzó a decirle con su voz hialina, como susurro de arroyo:

—Yo te perdono, Julio; yo tengo mucha lástima de ti..., yo te quiero...; y Dios también te quiere y te perdona...; no te mueras con rencor ni con maldad...; reza, reza el nombre de Jesús...; ya amanece tu día, Julio...

Tembló otra vez la cama, y dos gotas de turbio cristal rodaron por las mejillas lívidas de Julio. Sus labios de cirio se contrajeron con una postrera desgarradura, y Carmencita, inclinándose sobre aquella despedida suprema, le besó en la frente con una caricia sedosa y pura, llena de celestial encanto...

Cayó en la habitación el manto de la noche sin estrellas ni luna, y el listón desprendido de la cornisa golpeó el cristal con lento soniquete...

VI

En el palacio de Luzmela anidaban el dolor y la zozobra en ayuntamiento infeliz.

Salvador, incapaz de contener por más tiempo en su corazón la marejada viva de sus tormentos amorosos, se los había confiado a la anciana Rita, en una buena hora de alivio y descanso, llevado a la intimidad, blandamente, por el afecto y confianza que le inspiraba la excelente mujer, y por el agobio violento de su carga de pesares.

Después de la confidencia se quedó Rita llena de inquietud y de pena. Movía la cabeza de arriba abajo con una expresiva manifestación de asombro desconsolado, como diciendo: «¡Válgame Dios!... ¡Válgame Dios!...»

Mientras tanto, el médico se paseaba, con los brazos cruzados sobre el pecho y los ojos errantes en las pálidas flores de la alfombra...

Tardó Rita en ordenar sus pensamientos, que, saltarines y revoltosos, iban de aquí para allá lastimando el cerebro fatigado de la pobre vieja. Hizo un gran esfuerzo para arreglar aquel barullo mortificante de ideas desmandadas, y fue colocando cada cosa en su sitio dentro de su cabeza, con toda la serenidad posible, diciéndose a la vez: «De modo que el señorito quiere a la señorita *para casarse con ella;* que la niña no le quiere a él y está empeñada en hacerse santa y mártir en la casona, sufriendo a los mismísimos diablos..., y que, además, se muere porque está comalida y allí no tiene *tresmo* ni cosa que lo valga...»

Y en alta voz, mirando compasiva al abstraído paseante, inquirió:

—Y don Rodrigo, el del Nidal, ¿no tiene poderío para terciar entre usted y la niña y hacerla salir de aquella cueva de lobos?

Rompió su caminata Salvador y se dejó caer, fatigado, en una silla, para responder:

—Ya acudí a don Rodrigo y estuvo en Rucanto; pero Carmen no quiso decir la verdad; ciega en la manía de sufrir, disimuló el martirio que padece en términos de engañar a su tutor; él es algo indiferente, no le gusta mucho molestarse, y se alegró de poder volverse a su casa muy tranquilo, sin más diligencias... ¡Todo el mal está en que Carmen no me quiere!

Y estas últimas palabras temblaron en el silencio del salón, saturadas de tristeza.

Anhelaba Rita consolarle... ¡Le tenía tan en el alma! Cariciosa, le dijo:

—La niña le quiere...; hablóme de usted, hace poco, con mucha ley...; pero para quererle como forcejo tendrá algún reparo... ¡Como se ha dicho que si usted y ella eran hijos del señor!...

El médico, conmovido por súbita esperanza, con inseguro acento murmuró:

—Pero ella sabe que no somos hermanos...

Y se quedó seducido por la magia de una ilusión confusa, pensando: «¡Si Carmen me fuera esquiva sólo por ese temor!...

Después, como hablándose a sí mismo, fue diciendo:

—Ese libro que le dio el padre cura la confunde.

—Sí —dijo Rita—; es un libruco pequeño... ¿Verdad?... También a mí *me lo sacó* y me relató de él unas

cosas muy apuradas *de comer y beber lloros...* ¡Válgame Dios!...

—El libro es hermoso..., un magnífico libro, Rita;
pero ella está muy débil y enferma para una medicina
tan amarga, y toma del libro, cada día, lo que tiene
más de cauterio y revulsivo para curar los males en
almas fuertes y viriles... Así se pone peor..., así se está
matando...

—¿Pero está *picada* del pecho, señorito?

—Picada está de locura...

Y Salvador, alzándose de la silla, volvió a cruzar el
salón al compás de sus cavilaciones, mientras Rita
suspiraba al son de las suyas.

VII

Aprovechó el médico la ocasión de haber sido llamado a la cabecera de Julio para menudear sus visitas a
Rucando, y doña Rebeca le recibía muy amable.

Narcisa, en cambio, le ponía una cara feroz y le
zahería con irónicas frases, que alcanzaban con su
acritud a la niña de Luzmela.

Pasaba Salvador grandes fatigas en aquellas ocasiones; pero las soportaba con resignación y hasta
con alegría, compensado por el incomparable placer
de hablar a Carmen y de mirarla.

Había tratado de averiguar si en la casona se tenían
noticias de Fernando, temiendo que la voluntad tor-
nadiza del marino le hubiera inducido a volver el pensamiento al punto donde, con rara liberalidad, dejó
quietas sus últimas tentaciones de amor. Pero, con
gozo, vino a convencerse de que el ambulario mozo
se había sumido de nuevo en la aventura de su vida
errante, sin dejar en el camino otra huella que la que

deja un ave en el espacio con sus alas, o en el mar
una onda con sus espumas... Tampoco de Andrés había en Rucanto más que remotas nuevas en aquella
temporada. Se le había visto en lo alto del puerto de
Cumbrales, en montaraz vagancia con los pastores, y
luego decían que *se había corrido* hacia Reinosa con
una cuadrilla de gitanos.

Cobró con esto Salvador un asomo de tranquilidad
y un respiro en el anhelo con que llegaba a la casona,
siempre que a ello se atrevía.

Una de aquellas tardes que fue encontró sola a Carmencita, y apenas se saludaron, le preguntó Salvador:

—¿Todavía lees aquel libro que te hace desvariar?

Ella dijo, con su voz de melodía triste:

—Todavía...

—Pues yo voy a traerte otro libro santo, muy alegre, con tapas azules y letras de oro, si me prometes
que leerás en él un poco todos los días.

—Si dices que es santo...

—Ya lo creo; es el Evangelio..., ¡figúrate!

—Tráemelo pronto...

—Mañana.

Se quedaron callados, mirándose. Ella tenía un destello de curiosidad en los garzos ojos entristecidos. Él,
con los suyos, le estaba diciendo un delirante discurso
inflamado y sumiso...

De pronto la niña se le acercó confidencial, con una
íntima confianza, rota por ella entre los dos, tiempo
hacía, y le dijo:

—¿No sabes que la pobre doña Rebeca no tiene ni
un céntimo?... Ahora, conmigo, es mucho mejor que
antes...

Salvador, precipitadamente, interrogó:

—¿Quieres tu dinero?

Ruborizada, torpe, confesó:

—Quisiera tener un poco para dárselo.

—¿Pero tú no necesitas nada para ti?

—Para mí, no.

—Yo veo que te hacen falta muchas cosas, Carmen.
Ella repitió con desaliento:

—Ninguna cosa me hace falta...

Ya Salvador tenía en las manos su cartera, y tomando algunos billetes que contenía, los puso sobre el regazo de la muchacha.

—Yo te daré —le dijo con ardor— todo lo que necesites..., todo lo que quieras..., todo lo que tengo...

Ella, al mirarle, todavía encendida y confusa, le contestó:

—Gracias...; ¡eres tan bueno!...

—¿No sabes que todo lo mío es tuyo?

Se sonrió Carmen, preguntando:

—¿Por qué ha de ser eso?

—Porque Dios lo ha querido así..., y si yo tenía algo que era mío únicamente..., ya te lo di hace tiempo; te lo di en absoluto, para siempre, y me he quedado sin nada... ¡Si tú quisieras!...

Y entró Narcisa como un huracán vociferando:

—Mamá está un poco mala, y yo no puedo estarme aquí llevándoles a ustedes la cesta... Conque...

Carmen y Salvador se pusieron en pie, sobrecogidos, y los billetes que la muchacha tenía sobre el regazo cayeron desparramados por el suelo.

—¿Qué es eso? —preguntó colérica la de la casona, con el gozo cruel de haber descubierto una intriga tenebrosa.

—Esto es... nada que a usted le importe— contestó el médico, alterado.

Y Carmen, atolondrada, se quedó quieta y muda.

—Esta casa —increpó entonces Narcisa, como un basilisco— no se ha prestado nunca a... porquerías... Ya está usted aquí de más, señor Fernández...

Y se acercó a él, tratando de cogerle por un brazo.

Hizo Salvador un movimiento de repugnancia como si se le aproximara un reptil, la midió con mirada despreciativa y colérica, y salió de la sala muy altivo, sonriéndose, con una audacia nueva en él, tan provocativa que Narcisa le persiguió diciéndole desvergüenzas, extinguido ya el resto de pudor que hasta aquel día la contuvo en su tentación de insultarle a la cara.

Y Carmen, recogiendo del suelo los billetes, fuese a llevárselos a doña Rebeca, que de cierto parecía que andaba algo malucha.

VIII

Abril florecía. Tenían sus auroras nuevas un pálido rosicler de esperanza; gentileaban las margaritas en las praderas, blanqueándolas con remedos de nieve; habían nacido muchas mariposas, y en los nidos recientes las hembras padecían la fiebre dulce y santa de la procreación...

Todo el valle se henchía de gestación potente, y ya el alba de una vida de milagro y de gloria vestía de flores los espinos y los ungía de perfumes... Espejándose en el valle fecundizado, el corazón de la niña de Luzmela se dilataba también en un inconsciente afán de florecimiento, con barrunto de brotes y bella nostalgia de capullos. Los dieciocho años de Carmencita pedían lo suyo, aun en el apagado lenguaje de un cuerpo abatido y un alma herida.

Perdido el tino del sendero, cansada y doliente, la muchacha se agarraba ahora a su pedazo de vida ne-

gra, con instinto de juventud y de esperanza, como si
no tuviera las manos desgarradas de los zarzales del
camino...; ¡y era que en la hermosura pródiga de su
tierra hasta los zarzales echaban flores!...

No sabía Carmen si quería a Fernando; no sabía
tampoco si le olvidaba; sólo supo que la vida la llamaba a gritos desde los campos y desde los bosques,
desde las huertas y desde los nidos, desde el cielo
irisado en amaneceres risueños y desde los espinos
en flor.

Y ella volvía la cara hacia aquel lado donde la primavera nacía cantando amores, y sentía todo su ser
congestionado por el hechizo de vivir y por la ilusión
de amar...

Cuando se daba cuenta de haberse entregado a estos
éxtasis humanos, seducida por las voces sordas de la
Naturaleza, un espíritu de religiosa austeridad la hacía
estremecerse, y su alma, poseída del afán del martirio
y de la santidad, respondía con todas sus escasas fuerzas al reclamo implacable de aquel afán.

Era entonces cuando buscaba enardecida los libros
devotos para aplacar en los manantiales de su doctri-
na la sed y la fatiga del corazón. En aquel libro de
tapas azules y letras de oro que Salvador le enviara en
secreto, con una carta insinuante y tierna, había leído
Carmen con emoción:

«No traigas yugo con los impíos, porque ¿qué co-
municación tiene la justicia con la injusticia? O ¿qué
compañía la luz con las tinieblas? O ¿qué concordia
Cristo con Belial?... ¿Qué parte tiene el fiel con el in-
fiel?... Por tanto, salid de en medio de ellos y apartaos,
dice el Señor, y no toquéis lo que es inmundo.»

Maravillada de la limpieza y altura de estas máxi-
mas del Evangelio, Carmen sentía crecer su repugnancia instintiva hacia la existencia y los seres de la ca-

sona, y miraba al cielo puro con un inconfeso anhelo
de volar, con un callado presentimiento de las alas
ligeras y giros alegres, abstrayéndose con delicia en
la contemplación de las mariposas y de las aves y
suspirando con hastío en su cárcel sombría de Rucanto.

En una de aquellas divinas horas de resurrección de
tierras y corazones, Carmen subió a su observatorio del
sobrado para mirar a la naciente primavera cara a
cara y calentar al sol su alma aterida.

Todo el paisaje, en la calma de la tarde abrileña,
cantaba un hosanna de triunfo; y del celaje diáfano,
de la vegetación lujuriosa, de las hiendas humeantes
y de las glebas en oreo se alzaba en voz sin acentos,
valiente y subyugador, un férvido ¡aleluya!, que a la
niña de los ojos garzos le apresó el alma. Cautiva la
tenía, puesta en una milagrosa sonrisa que había flo-
recido en sus labios, cuando sintió tras de sí un jadeo
de carne brava y un resuello caliente y brutal.

Sin tiempo para volverse a mirar, se encontró pri-
sionera en unos brazos duros y torpes, y el aliento
de Andrés, apestando a vino, le encendió la cara.

No supo si fueron los labios del mozo una cosa
rusiente que le dolió en el cuello ni supo de dónde
había sacado ella un grito de furiosa rebeldía y una
fuerza salvaje para desasirse de aquel abrazo exultan-
te y ansioso.

Andrés, impulsado hacia atrás por las dos manos
breves y nerviosas de la niña, dio un traspié no muy
gallardo y soltó una palabrota soez.

Ella tocó casi el dintel de la habitación, y en aquel
momento las dos hojas de la puertecilla se plegaron
rápidas como por infernal conjuro y se corrió un pesado cerrojo, cerrándolas en firme, al son de una implacable risa de mujer...

Había llegado Andrés a la casona aquella mañana
desharrapado y sucio, borracho y rendido de fatiga en
los bárbaros azares de sus aventuras. Su hermana le
instó a dormir y a descansar sin descubrir su presencia; y espiando a Carmencita la vio subir al sobrado,
y fuese a despertar a la fiera, azuzándola con el nombre de la muchacha y con la promesa de que arriba
la hallaría sola y suya..., regalada, ofrecida..., espe-
rándole...

Le empujó hacia la escalera, poniéndole un dedo
en los labios en señal de silencio y prudencia, y Andrés subió en calcetines y en mangas de camisa, como
le había sorprendido durmiendo aquella tentación monstruosa...

Al ver el mozo cómo la puerta cerrada le aseguraba
la presa, se rehizo sobre sus piernas, no muy fuertes,
y avanzó de nuevo hacia Carmen con los brazos ex-
tendidos.

La alcanzó; la tuvo ceñida y manoseada brutalmen-
te; la tuvo saturada por aliento avinagrado, macu-
lada por sus besos voraces y estuosos... Ya se reía, con
una risa sádica y proterva, una risa de victoria y ufa-
nía... Pero la muchacha se defendía convulsa y desesperada, con denuedo asombroso y tenaz que centupli-
caba sus fuerzas y ponía en sus ojos profundos una
lumbre de sagrado furor.

Con suprema vibración de todos sus nervios, Carmen se desprendió por segunda vez de las garras fe-
roces, y en aquel minuto de libertad providente le
puso al mozo las dos manos en el pecho y le dio un
empujón con todo el vigor juvenil de su noble sangre
sublevada y de sus músculos en tensión.

Andrés, no muy libre de los vapores del vino, can-
sado y temblequeante, rodó por el suelo, levantando
sobre el tillado trépido una nube de polvo.

El golpe recio de la caída retumbó por la casa abajo
como el eco sordo de un trueno. El hombrón, patean-
do, con la boca llena de blasfemias y los puños cris-
pados, trataba de levantarse, y Carmen medía, con
mirada de loca, la altura de la ventana.

Desdicha, el gato errante y hambriento que había
presenciado aquella escena, huía por los aleros ondu-
lantes con un galope de terror; y en un alambre ten-
dido sobre el hueco de la tronera, dos golondrinas
en un delicioso *palique* discutiendo sus proyectos de
anidar...

Andrés ya se incorporaba rugiente, mascullando
amenazas espantosas; y la muchacha, sin dar un grito, con los labios secos y los ojos llenos de llanto,
le esperaba inmóvil, apoyando en la ventana sus brazos doloridos y sumida en un desesperado propósito.

Se abrió entonces la puerta, tras un violento colo-
quio de dos voces agudas y punzantes, y doña Rebeca
apareció en el umbral, oportuna y piadosa por primera vez en su vida. Carmen tenía detrás de sus lágrimas una desgarradora expresión de extravío.

Se abalanzó hacia la puerta entornada y la traspu-
so, haciendo vacilar a la señora. En la escalera tropezó a Narcisa y la empujó, dejándola pegada a la
pared con la boca abierta. Atravesó la casa en una
desalentada carrera, bajó al corral y a poco la portalada roja se cerraba con estrépito detrás de la niña
de Luzmela.

En pleno campo corrió sin tino, huyendo siempre...

En la casona, sobre la cumbre del tejado, *Desdicha*
maullaba con lastimera voz, y las dos golondrinas ri-
maban dulcemente su poema de amor en el vano de la
tronera.

IX

Nadie pudo averiguar por qué artes diabólicas fue restituida Carmencita aquella misma noche a poder de doña Rebeca.

La vieron vagar por el campo como enajenada, con los cabellos destrenzados y flotantes y la ropa abierta en túrdigas.

Un pastorcillo de Luzmela, que tornando las ovejas la tropezó, oyóla suspirar un nombre conocido, como en demanda de amparo, y además la vio tender sus manos en la sombra creciente de la noche y no atinar con ningún sendero y perderse en la soledad silente de la vega.

Al día siguiente, después de rumiar mucho aquel encuentro extraño, el pastorcillo llegóse al palacio de su aldea a tiempo que la tarde caía, y pidiendo hablar al señorito le disparó este discurso:

—Que ayer vide a la niña de esta casa llorando y sola por las mieses y llamándole a usté... Y que digo yo que iba muy desmelená y con el hábito rompido...

Salvador, desalado, se aseguró:

—Pero ¿era ella de cierto?

—Era ella, como yo soy Pablo...

—¿Y cómo no has venido a escape?...

—Lo cavilé despacio, y ahora, en un pronto, me determiné...

Tampoco se supo en qué tiempo inverosímil Salvador ensilló su caballo por sí mismo; y mientras Rita clamaba a todos los santos del cielo y el pastor se quedaba con un palmo de narices, él volaba hacia Rucanto, en velocísima carrera, que levantaba chispazos de lumbre bajo las herraduras del potro.

Llegando a la casona ató la brida del animal jadeante en el aldabón de la portalada y llamó con mayor solemnidad y brío que lo hiciera en reciente ocasión don Rodrigo el del Nidal.

No tenía Salvador cobardía ni miramientos como
aquella otra vez que, a su regreso de Francia, esperó
en aquel mismo sitio, sobresaltado por el eco arrogante de su llamada.

A la moza que abrió la puerta le preguntó áspero y
breve:

—¿La señorita Carmen?

—Está en la cama.

—¿Qué tiene?

—Una punta de calentura... Salióse ayer de casa
como una loca y cuando la encontramos parecía que
no estaba en sus cabales... La acostamos, sin que haya
querido desnudarse... A usted le mienta mucho... Mañana dice la señora que llamará al médico...

—Mañana, ¿eh? —rugió Salvador.

Pisaba fuerte, estaba fuera de sí, violento y arisco...

—Llévame a su cuarto..., ¡pronto! —le dijo a la
moza.

Fue la mujer delante, guiando por difíciles encruci-
jadas, y al llegar a una puerta en un rincón dijo:

—Aquí es.

Entró el médico sin llamar; estaba el cuarto envuelto
en la media luz del atardecer, y él fuese derecho a la
cama y se inclinó sobre el cuerpo inerte de Carmencita. Parecía que estaba dormida; pero a la blanda
voz de su amigo abrió los ojos y mirándole con inquieta expresión balbució:

—¿Eres tú?... ¡Cuánto has tardado!

—Pero ya no me voy sin ti —dijo él, enérgico y
amoroso— Aunque tú no quieras, te llevo ahora mismo.

Parecía que quería clavarle sus palabras en el corazón mientras la pulsaba con ansiedad devoradora.

Ella dijo con acento mimoso de niña pequeña:

—Sí, yo quiero que me lleves... Pero ¿cómo?... No
puedo andar... Estoy muy cansada...

—Tengo abajo al *Romero,* ¿sabes? Nos lleva a los
dos en un vuelo.

—¿En un vuelo? —murmuró Carmen con deleite—.
Yo tengo muchas ganas de volar.

Salvador temió que delirase. Tenía un poco de fiebre y estaba muy decaída. Se oyó un rumorcito en la
puerta y avanzaron unos pasos de duende por la estancia.

El médico, sin hacer caso de que entraba doña Rebeca, le dijo a la niña:

—Te bajaré en brazos... Vamos en seguida... ¿No
tienes un abrigo?

Y paseó una mirada por el cuarto, que tenía un dra-
mático aspecto de pobreza.

Estaban los muebles en desorden y empolvados; las
sábanas del lecho, amarillentas y mal zurcidas, y sobre
la colcha rameada, tumbado como un despojo, el Niño
Jesús, calvo y tuerto, lleno de heridas y con la túnica
desgarrada.

La propia Carmencita completaba aquel cuadro de
punzadora tristeza.

Tenía el vestido hecho pedazos, enmarañado el cabello, las uñas sucias y el semblante demudado y mie-
doso... La lucha horrible del día anterior había dejado en sus delicadas muñecas unas manchas carbo-
nadas.

Salvador midió con aquella sola mirada la escena
desoladora, y no sólo con pena, sino con ira, con imperio y furor, le dijo a doña Rebeca:

—¡A ver un abrigo; tenemos mucha prisa!

—Pero ¿adónde van ustedes? —arguyó la vieja, estupefacta.

Carmen se asió a una mano de Salvador, atemorizada, mientras él respondía orgulloso:

—Vamos a la paz y al amor...; vamos a Luzmela...

—¿También Carmen? Eso no puede ser —quiso decir la señora, afilando el grifo de su vocecilla.

Pero el médico no la dejó engallarse, y la interrumpió:

—Carmen también.

—¿Y con qué derecho se la quiere usted llevar?

—La llevo... porque es mía.

—¿Suya?... Pero está enferma...

—Yo la sanaré...

—Eso no puede ser... Es imposible —repitió.

Salvador la agarró por un brazo y la llevó al otro extremo de la habitación casi en vilo.

—¡Ay..., ay..., ay...!

La ordenó él, zarandeándola:

—Cállese usted, doña... bruja, y escuche... Cabe en lo posible que Carmen renuncie la herencia de su padre en favor de usted..., y cabe en lo posible que reclame su legado... Esto depende de que usted nos deje o no ir en paz... Y ahora, pronto, un abrigo; no espero ni un minuto más.

Doña Rebeca salió del cuarto como una centella, y en seguida volvió con un chal en la mano. Carmen, incorporada y anhelante, decía:

—Me llevaré mi Niño Jesús.

Pero Salvador la alzó en sus brazos, envuelta en el chal, protestando:

—De aquí no te llevas nada...

Y salió con ella triunfalmente, con la gallardía de un galán de comedia.

En la antesala, una sombra siniestra se dobló, tal vez en reverencia de irónica despedida, tal vez al peso de una maldición secreta.

Y en el patio enlosado y en el corral, abierto a una pálida luna recién nacida, se percibía un rumor cauteloso y tétrico de cipresal mecido por un hálito de muerte...

X

¡Qué alegre sonó el golpazo postrero de la puerta roja detrás de los dos viajeros!

Carmen, segura en los brazos firmes y cuidadosos de su amigo, se dejaba mecer y regalar como un niño en la cuna. Había dado un suspiro de profundo alivio, y todo el gozo de la noche azul se le había metido en el alma con halagos de primavera y de ilusión.

Sobre la frente inmaculada de la joven se alzaba como un nimbo el oro de la barba rizosa de Salvador, que parecía hermoso con el victorioso encendimiento de sus ojos zarcos, la sonrisa de noble ufaneza y el bizarro alarde con que amparaba a Carmen junto al corazón. Refrenado el impaciente retorno del *Romero*, desafiaba al porvenir, alta la frente y gloriosa la vida, abierto con sumisión el campo a su carrera y abierta con dulzura la noche a su mirada.

La brisa odorante de la campiña corría a la par del *Romero*. La brisa columpiaba las flores, leda y gentil, muy acariciadora, y el caballo andaluz, fino y esbelto, bebía brisas y aromas, dejándoles al pasar la espuma blanca de su aliento.

Cuchicheaba la vida un secreto rumor de promesas en el misterio delicioso de aquella noche de amor, y acompasada con el ritmo solemne de la Naturaleza, la voz de Salvador, apasionada y feliz, secretaba al oído de Carmen:

—Ahora siempre vas a estar fuerte y gozosa; ahora vas a ser otra vez la reina de Luzmela... y además la reina de mi vida.

Ella se estrechaba suspirante contra el pecho del mozo, y decía:

—Tengo sueño...

Con los labios sobre los cabellos enmarañados de la niña, iba contando el médico un cuento de hadas.

—Duérmete y sueña, que yo te voy a regalar unas cosas muy bonitas... Vestidos de seda, cadenas de oro, anillos y pendientes...

Alzó ella la cabeza con un infantil movimiento de curiosidad y sonrió murmurando:

—¡Qué precioso!...

—Y tendrás —añadió la voz sugestionadora— una cama dorada, con paños de brocatel...; un tocador vestido de encajes..., ¿quieres?...; unas ánforas de bronce llenas de rosas...

Carmen, levemente, como en el éxtasis de un encantamiento, respondía:

—Sí...

—Y tendrás un Niño Jesús hermoso, con túnica de damasco y corona de plata, dueño del altar elegante de la capilla, sonriente, mirándote con los ojos sanos y dulces...; ¿tú no sabes que Dios es muy hermoso?

—Sí...

—Pues ¿cómo te empeñabas en amarle únicamente en aquel Niño Jesús tuerto, calvo y sucio de la casona?

—Me daba lástima...

—Y Dios ¿no inspira más que lástima?

—Yo no sé...

—Dios, alma mía, inspira admiración suma y fervor, y entusiasmos y alegrías. Dios hace sonreir:.., Dios hace gozar...

—¿Hace gozar? —interrogó la muchacha con ansiedad de antojo.

—Ya lo creo —afirmaba la voz convicta y enamorada—. Todo lo bello y santo de la vida, Dios nos lo da para disfrutarlo... ¿No ves la noche, qué encantadora?... Pues es nuestra y de Dios...

Ella pasó los ojos un instante por la paz divina de aquella hora, y otra vez respondió:

—Sí...

—Yo te llevaré —contaba Salvador— a ver muchas cosas admirables que hay en el mundo... Nos iremos por la tierra y por el mar curioseando la vida...

Pero Carmen interrumpió, pronta y asustada:

—Por el mar, no...

—¿Le tienes miedo?

Dijo la niña con timidez humilde:

—Tengo miedo a los barcos...

Y la imagen apuesta de Fernando flotó un segundo, al claror de la luna, delante de los viajeros, sonreidora y liviana como una tentación.

Pero el médico, transformado ya en un hombre impetuoso y triunfador, aseguró audaz:

—Tú ya no tendrás miedo a nada...; tú serás mi mujercita..., mi gloria, y ya nadie jamás podrá dañarte, ni perseguirte, ni hacerte llorar...; ¿no sabes que vamos a la paz y a la dicha?... ¿No sabes que vamos a Luzmela?

Carmen, toda estremecida, toda confusa por un vago tropel de pensamientos y sensaciones, se desciñó un poco de los brazos que la mecían, y mirando a Salvador con hondo afán le preguntó:

—Dime: ¿quién era mi padre?

Él detuvo un minuto la respuesta, y luego dijo con acento cálido y seguro:

—El amor.

La niña, incrédula, pero fascinada, sonreía.

—¿Y mi madre?

—El amor.

Tornó ella a sonreir, sacudiendo sobre su frente las crenchas rebeldes del cabello; después, muy ansiosa, volvió a preguntar:

—Y tú... ¿quién eres?

—El amor.

Y el amor fue a buscar, sediento, un beso en los labios preguntones de la muchacha.

Pero ella le detuvo con un breve gesto de mujer, lleno de gracia, ordenándole:

—Espera...

Y en seguida, como si ya no quisiera más palique ni tuviera más ansiedades, se volvió a recostar con abandono inocente en los brazos amigos, musitando:

—Tengo sueño...

Salvador, acogiéndola como cuando era chiquita, todavía quiso averiguar:

—¿Y qué espero, di, Carmencita?

—Espera que yo descanse... Espera que amanezca y que salga el sol...

En la temperie blanda de la noche resbalaron estas palabras pías con inflexiones armoniosas de romance, y la mansa brisa que corría a la par del *Romero* fue llevando el eco de la voz romancesca por los confines serenos del paisaje.

Entonces, en la adumbración del bosque señero y en el cantar ululante del *Salia,* la resonancia maravillosa de aquella voz repitió intensa y vibrante:

—¡Espera!...

Y los rizos murmurantes de las hojas nuevas, y las resplandecencias apacibles del cielo, y el olor generoso de la tierra, y toda la respiración misteriosa y profunda de la vida repitieron en un solo acento, penetrante y firme:

—¡Espera!...

Ya la torre de Luzmela, un poco desalmenada, seria y noble, se recostaba en el azul sin mancha del celaje.

Un gallo trasnochador lanzó su canto estridente fuera de las tapias enzarzadas de su corral.

El potro andaluz, instigado por la querencia de la cuadra, dejó deshacerse en el viento, con un bravo resoplido, el último copo blanco de espuma.

Carmen descansaba en regalada quietud, tal vez soñando con el Dios bienhechor y piadoso de las almas buenas, y Salvador, inflamado de anhelos, saboreaba la inmensa felicidad de luchar y de sufrir con la esperanza en los brazos.

XI

Cuando Rita recibió a la puerta del palacio el maltratado cuerpo de la niña, tomólo bajo su cuidado como un sagrado depósito y lo hizo reposar entre lienzos albos y finos, orlados de puntillas, en la cama dorada, bajo la colcha joyante y rica...

Mimada y socorrida, hermoseada por la limpieza y el esmero, con el cabello alisado sobre las sienes y el alma aquietada, la niña de Luzmela cerró los ojos en la placidez de un sueño leve, incompleto, que no la desligaba de la realidad y la permitía memorar los suplicios de sus cinco años de esclavitud al través de la sonrisa de su libertad.

En el dulce sopor de aquellas horas, cobijada por
la piedad y el amor, Carmen sentía una secreta vo-
luptuosidad en remover las imágenes espantosas de
la casa de Rucanto y hacerlas desfilar en su memoria
como una procesión negra, maldita y condenada.

Con su breve mano de niña levantaba el velo de
compasión que había echado siempre su bondad sobre
aquella familia enloquecida y bárbara, y se iban pre-
sentando en la escena de sus dolores la hermana y los
sobrinos de don Manuel en traza alegórica, en cari-
catura de miedo y de risa.

Doña Rebeca iba delante, montada en una escoba;
llevaba a medio cubrir las piernas secas y nudosas
como leños, y en los pies, unas alpargatas cenicientas.

La melena blanca, corta y desigual, agitábase eri-
zada, sacudida por el viento; lucía un corpiño de
color de ala de mosca, prendido con alfileres, y en la
falda, mezquina y desgarrada, un landre voluminoso
lleno de llaves de alacenas, cofres y arcas... Iba cantando, en voz de falsete, plañidera y tenaz, una extraña canción hecha con refranes y majaderías.

Marchaba detrás Narcisa, muy tiesa, con la cara verde y el traje amarillo; llevaba en el pecho una margarita blanca muy marchita. Le habían puesto en los
labios un candado cruel y tenía en los ojos dos bocas horribles, abiertas por sangrienta desgarradura
de la carne en una explosión de sapos y culebras.

Detrás de Narcisa se arrastraba Andrés *a cuatro
patas,* sobre un charco de vino hediondo, luchando por
levantarse, en un pataleo intercalado de blasfemias y
amenazas.

Después llegaba Julio, amortajado, andando sin pasos ni ruidos, como un ánima en pena; abría desme-
suradamente los ojos, con expresión satánica, y lanzaba unas desatinadas imploraciones.

Pasaron todos y se fueron alejando en una sombra
espesa y flotante, húmeda y fatal, como nube preñada
de tormenta, mientras Carmencita, desde la blandura
suave de su lecho, sonreía con una sutilísima sensa-
ción de placer.

Cuando la procesión temerosa había desaparecido
se presentó en remota lejanía la silueta gentil de Fernando; llevaba en la mano un ramillete de borrajas
y una gorra de marino sobre el endrino pelo rizoso.

A Carmen se le aceleró entonces el corazón con un
latido ardiente, y la imagen de Fernando se inclinó,
muy galante y zarandera, para ofrecer el ramo de flores a una moza que pasaba. Carmen no la conoció...
¿Quién sería?... Le pareció que le estaban diciendo al
oído con oficiosidad maliciosa: «Sí..., es Rosa, la del
Molino; una de mucho empaque, pinturosa de la rama...»

La niña de Luzmela volvió la cabeza hacia otro
lado, muy despreciativa, con un desdeñoso gesto de
mujer de calidad... Se había encalmado ya su corazón
en un compás armonioso y grato.

Abrió los ojos, sus divinos ojos oscuros, encedidos
otra vez con un sano fulgor de alegría, y vio cómo la
luna, al través de los vidrios descubiertos, ponía a los
pies de su cama una pálida alfombra de luz que ilu-
minaba tímidamente toda la habitación.

Con aquel rútilo gozo de la noche alumbró la muchacha la memoria de los serenos días que disfrutó
en aquella noble casa hasta la infausta hora de la
muerte del hidalgo.

Siempre que el recuerdo de aquella muerte le acudía, sentía en torno suyo el sordo rumor de unas alas
hostiles y el graznido agorero de un ave siniestra.

Un fatalismo implacable la sacudió obligándola a
incorporarse, trémula, bajo aquel susto misterioso, huyendo del vuelo torpe y del canto augural.

Vio entonces a Salvador, vigilante y desvelado, contemplándola con insaciables arrobos, con infinita y atenta solicitud.

Ella, sin sorpresa, segura de que allí la estaba acompañando el constante amigo de su alma, le preguntó con voz lagrimeante de niña miedosa:

—¿Todavía vuela por aquí la *nétigua?*

Salvador ignoraba que Carmen unía siempre a la idea de la muerte la aparición del ave fatídica; pero al notar el estremecimiento de su semblante, adivinador y cuidadoso, le dijo, como quien cuenta una infantil conseja:

—Ya no volverá la *nétigua* nunca a volar sobre tu jardín. Yo la maté, ¿no sabes?, con mi escopeta cazadora, desde el balcón de mi cuarto. Cayó, sin vida, encima de un rosal, y me costó encontrarla, porque las flores que ella lastimó al caer la cubrieron de hojas...

—¿Toda la cubrieron?

—Toda; y así, cubierta de hojas, hice que la enterraran... ¡Ya no hay *nétigua!*...

Carmen, con voz de maravilla, repitió como un eco:

—¿Ya no hay *nétigua?*

Y con la cara radiante posó otra vez en la almohada su cabeza peregrina.

Salvador la pulsó, acariciándola, como a un ángel o como a un niño, blanda y dulcemente. La fiebrecilla que al atardecer la enardecía había remitido en el bienhechor reposo de aquellas últimas horas, y al esconder los ojos a la sombra ideal de las pestañas el buen sueño reparador la besó en los párpados hasta que, vigilada de cerca por el amor, se quedó dormida.

XII

Engendrada en el seno recatado de aquella noche de abril, nacía la primera mañana de mayo, rasgando los tules cándidos de la aurora, desenvolviéndose con divina gracia del manto azulino que la luna había puesto pálido de luz.

Todo el júbilo de la primavera se asomó al cielo y se fundió en un azul profundo, nuevo y triunfante, que recortó en su intensidad milagrosa los montes gigantes, los bravos montes de Cantabria.

Blanquearon en el valle todos los senderos tendidos sobre el verde lozano de mieses y praderas, y en todos los nidos se inició una armonía de gorjeos y en todas las hojas rezaron las brisas una plegaria henchida de misteriosas promesas, impregnadas de secretas caricias.

Las aguas del *Salia*, mugientes y espumosas, aplacieron su cantar valiente en una mansedumbre de homenaje, como diciéndole *un escucho* de amor a la mañana.

En los surcos floridos de la vega también las mansas arroyadas le contaron una dulce querella a la luz gloriosa que nacía.

Y toda la tierra fue aromas, y todo el aire armonías, y toda la vida resurrección y victoria...

El alma de Salvador estaba de rodillas, afanosa y esperanzada, delante de aquel amanecer feliz.

Carmen le había dicho: «Espera que yo descanse, espera que amanezca..., espera que salga el sol...»

Y llegaba, por fin, la hora bendita, la hora señalada, la sublime hora...

El médico miraba, extático, a su amada, dormida, entregada a él en abandono de fraternal confianza, segura y serena bajo la égida del noble amor...

Una deliciosa brisa, saturada de la belleza y la poe-
sía de la mañana, bajó al jardín muy despacito, después
de besar en silencio la ventana de Carmen; a su paso
todas las flores hicieron a compás una graciosa reverencia... Se prendió en los cielos el primer rayo de
sol y Carmen abrió los ojos.

Acarició con mirada curiosa la habitación, elegante
y alegre, y miró a Salvador, fascinada, muy sorprendida... Venía del país del sueño y del olvido.

Gozándose él en aquel asombro risueño, le contó:

—Anoche te salvé, te redimí, te traje conmigo a la
paz y al amor, ¿no te acuerdas?... Aquí está la primavera, vestida de galas para ti...; aquí está mayo,
loco de alegría, lleno de rosas...; aquí está la mañana
de mi esperanza... Carmen, ¡acuérdate!; ha salido el
sol... Dios te mira y te sonríe y te ofrece la felicidad...;
ya se acabaron las sombras de tus penas..., ya toda
la vida para ti es luz...

Ella, posesionada de la realidad hermosa de aquel
día, con sus ilusiones que se despertaban y sus ansias que renacían, miró a Salvador con inefable promesa, y haciendo una sola frase elocuente y cándida
respondió únicamente:

—Sí..., ya me acuerdo: ¡estamos en Luzmela!...